とにかくウツなOLの、人生を変える1か月

はあちゅう

角川文庫
22587

目次

プロローグ　メンタルジムとの出会い

枕元のスマホが二度目のアラームを鳴らし始めたのを、手さぐりで止めた。全身がマジックテープになり、ベッドにぴたりとくっついたかのように、体が動かない。視界には食べかすだけを残したコンビニ弁当と、半分だけ空いたチューハイの缶。気だるい。

でも、とにかく起きて、会社に行く準備をしなければいけない。

奈緒《なお》はふうとため息をつき、まだ仕事も始まっていない時間からため息をつく自分の境遇をふがいなく思った。世の中にはきっと、朝が来るのが嬉《うれ》しくてたまらない人もいるはずなのに、自分はどうしてこうなんだろう。昨日と変わり映えしない一日をまた繰り返すだけだとわかっているのに、楽しい気持ちになんてとてもなれない。

広くはないけれど、二〇代OLの一人暮らしには十分と言える大きさのワンルーム。部屋は多少散らかっているとはいえ、ふかふかのベッドも、カーテンと揃えたベッドカバーも、うまく家具を配置してつくったパソコンスペースも気に入っていて居心地がいい。けれど、気に入りの家具も、決して奈緒の気持ちを盛り上げてはくれない。

この後の流れを頭でシミュレーションしてみる。どうにか体を動かして、ベッドを離れて、シャワーに移動。髪の毛を洗って、髪を乾かして、いつもの手順でメイク。日焼け止めとコンシーラーを塗って、ファンデーション、眉《まゆ》、目元、それからチーク、仕上げにリップクリームという流れだ。大体全工程が一〇分で終わるけれど、その一〇分をなるべく有効に使いたいので、いつも、メイク前にはテレビをつけて情報番組を流し見する。天気予報をチェックして、洋服を考えて、着替えて、冷蔵庫の中のヨーグルトや菓子パンや、タッパーにうつして保管してあるデリをキッチンで立ったまま食べて、髪の毛を少しだけコテで巻く。必要な書類を整えて、忘れ物がないかチェックして、家を出る。

ここまででやっと、序章だ。

奈緒の長い長い一日は、メールチェックから始まる。この作業は会社に着いてからではなく、通勤電車の中から始まるのだ。スマホで所属部署のメンバーの日報などをチェックして、ちゃちゃっと返事ができるものにはスマホから返信を打つ。込み入った内容のものは、会社に着いてから処理するために、未読のままにしておく。会社に着いたら、席に座って、カバンからペンとノートと、出勤途中に買ったペットボトル飲料だけを出して、脇目もふらずに前日に終わらなかった仕事に取り掛かる。パソコンを開けば、書きかけの書類にメール、読みたくてもチェックしきれていないネット記事などが溢《あふ》れかえり、どんなにデスク周りがキレイでも頭の中が一気にごっちゃになる。

　この時点で奈緒はもう疲れていることが多い。これから始まる、終わらない仕事の始まりに、深くため息をついてしまうのだ。

　前日の会社での一幕を思い出す。

「奈緒さん、ライターさんから連絡があって、原稿、明日の朝になるそうです」

　そう後輩の優子《ゆうこ》から伝えられ、まるで他人事《ひとごと》のようなその言いぐさに、カチンときてしまった。

「本当は今夜チェックして、明日の午前中には記事、配信するはずだったでしょ？　そもそも田中《たなか》さん、前回もそうやってギリギリで、こっちが最終チェックできなくて、配信日遅らせたじゃない。余裕持って作業できるスケジュールなのに、いつもギリギリ。優子ちゃんも、もうちょっと早くから、原稿せかして。いつものことなんだから」

　田中というのはライターの名字だ。

「そうは言っても、私も何度も言ってるんですよ。次に遅らせたら編集長怒りますよって」

編集長が怒る……。そういう問題だろうか。編集長が怒る怒らないの問題ではなく、ライターというのは期日までに記事を仕上げるのが仕事なのではないだろうか。

優子も優子だ。全ての責任を奈緒に押し付け、自分は、ライターに対していい顔ばかりしている。翌朝記事が配信できなかったら、今週のPV《ページビュー》数がまた下がってしまう。そうでなくても、最近はヒット記事が少ないのだ。このままPVが下がり続けたら、ますます部署のモチベーションも下がるし、広告収入も減ってしまう。

仕方なく奈緒が直接田中に電話して、明日の始業時間までに原稿を送るよう催促したけれど、田中は、なんだか喧嘩《けんか》腰だった。

「大体、〆切《しめきり》までの間隔が短すぎるんですよ。他の媒体は、もっと余裕を持って仕事をくれるんです」

それなら他の媒体で仕事をすればいいだけだ。うちの媒体は〆切までの期間が短い分、執筆料は他の媒体より割高にしているつもりだ。そう言いかえしたかったけれど、これ以上言い合ってもしょうがないので、田中の言い分を聞くだけ聞いて電話を切った。

今日会社に着くころには、田中からの原稿がちゃんと届いていればよいのだが。

奈緒が担当しているのはＯＬをターゲットにした情報サイトで、配信する記事は全て、部員のチェックを経て、最終チェックは奈緒がする。

それが、編集長としての務めだからだ。昨日も、翌日配信のその他全ての記事をチェックして、予約投稿モードでセットし、たまったメールを処理して、気づけば二十三時。そして、家に帰ってコンビニ弁当を食べながら一人晩酌を始めたのが、二十四時。

遅い時間に食べたせいで、胃のあたりがまだもったりと重い。

名刺の肩書にある「編集長」とは名ばかりで、実態はただの雑用係だと奈緒自身は思っている。

仕事は、サイトの更新、記事のチェック、取材、取材のアポ取り、撮影の許可取り、読者の問い合わせ対応、広告営業などなど、幅広い。

記事は、一日三本ずつ配信していて、その半分ほどが、ライターに外注するのではなく、オリジナルの記事だ。つまり、それは、奈緒をはじめとした編集部員の分担ということ。サイトのアクセス解析や広告の営業など、記事配信以外の業務も過密な中で、一週間に数本のオリジナル記事を作成するのは、至難の業だ。いずれ外注のライターの記事をまとめるだけにしたいけれど、今はまだ全部外注にできるほどの予算がない。

一年前まで、奈緒はデータの入力をひたすらやればいい楽な部署にいた。業務内容自体は退屈だったけれど、ほぼ決まった時間に帰れるOL生活は気楽で、毎晩社内外の友人と時間を合わせてご飯に行って、雑誌にあるような東京のOLライフを曲がりなりにも送れていた気がする。もちろん、当時も「このままの自分でよいのか」という将来への迷いがなかったとは言い切れないけれど、適度に仕事をして適度に気晴らしをするというその日その日の楽しみが、将来への不安をかき消してくれていた。

けれど会社が昨年、ウェブメディアをいくつも買収して、そのうちの一つを突然任されることになり、急に状況が変わってしまったのだ。女性向けのサイトだから、編集長が若い女性であれば、テレビや雑誌の取材を受ける時に有利だ、と上司には説得された。同期からは羨《うらや》ましがられて、奈緒も一瞬得意になったけれど、いざ業務が始まってみると、仕事はきついし、残業は増えたのにお給料は据え置きだし、思ったよりも「編集長」としてメディアに出る機会も少ない。

これだったら、頭を使わずにかたかたと目の前のデータをエクセルに入力していく前の部署のほうがよっぽど良かった。おまけに前の部署は、営業の男性がデータ作成を頼みに、ちょくちょく部署に遊びに来てくれたのだけれど、今の部署は女性だらけで、男性は、業務には一切手を出さず形だけで部長席に居座っている上司一人だけだ。別に会社にロマンスは求めていないし、特に狙っている男性がいるわけでもなかったけれど、異性がいるほうが気持ちに少し張り合いが出る。

奈緒は身勝手な人間ではないと自分では思う。客観的に自分を見る冷静さも持ち合わせているつもりだ。だから、自分だけが苦労しているわけではない、とちゃんと頭では理解している。きっと、同じ年代の多くの女性が同じようにもやもやを抱えているだろうし、どこかの会社に転職したり、会社を辞めたりすることで、このもやもやが解消されるわけではないだろう。

でも、仕事に対しては、希望してもいないのに押し付けられた仕事、とどうしても感じてしまって、会社に行くのが憂鬱《ゆううつ》だ。行かなくてはいけないと思えば思うほど、奈緒は、ずぶずぶとベッドに深く沈みたくなる。

傍《はた》から見たら何一つ不自由ない暮らしを送っているのかもしれない。もちろん上を見れば上がいるけれど、奈緒が知っている限り、自分の生活はかなり恵まれていて、これ以上のものをのぞむのは罰当たりだという気もする。

だからこそ、自分の人生に飽きているだなんて、認めたくはないのだ。認めたからって具体的にここをこうしたいなんて考えは思い浮かばない。

慢性的な倦怠《けんたい》感。

この間、整体に行った時に書かされたカルテで、マルをつけた症状だ。べったりとしただるさが、ここのところずっと取れない。カルテに印字してあるくらいだから、みんなが抱えている普通の症状なのだろうか。

頭が重くて、体が起き上がらないまま、奈緒は左手を思いっきり伸ばして、リモコンを掴《つか》んだ。昨夜、テレビを見ながら寝落ちして、夜中に一度起きて消して、リモコンをそのまま放り投げたので、ベッドの近くに転がっていたのだ。

ニュースではちょうど、どこかの国の紛争の映像が流れていた。女子アナが真剣な面持ちで、日々の暮らしに困っている人々の様子をレポートしている。

ご飯が十分に食べられない人や、戦争で命の危険に脅かされるような国に住んでいる人からしたら、奈緒の人生は、夢の暮らしだろう。

大学を出て、ちゃんとした仕事について、お給料で好きなものを食べて、気に入った洋服を買えて、両親も大病はせずに元気に暮らしている。自分で思い返してみても、苦労と呼べるような苦労をした経験がない。だから逆に、就職活動中の面接でいきなり「これまで一番つらかったことは？」なんて質問が飛んできた時に戸惑った。

こんなに苦労知らずの人生で、幸せじゃないなんて言ったら罰があたるだろう。

それなのに、毎日に満足しているかと問われたら首を縦に振ることはできない。

人生への不満は、数えていけばキリがない。そもそも、卒業した大学は第一志望の大学ではなく、滑り止めで受けた二流大学だし、就活でも志望していた一流企業は軒並み落ちて、なんとかひっかかった二流の会社に居座っているだけ。

ＩＴ業界というだけで、両親は喜んでくれたけれど、今住んでいるこの部屋の契約の時だって、担当者は奈緒の企業の名前を何度も聞き返した。これが有名企業であれば、一発で聞き取ってもらえて、入居の手続きに手間取ることもなかっただろう。部屋を借りた時は新入社員で社歴が浅かったからかもしれないけれど、保証人として親の名前が必要で、会社名の弱さが原因かもしれない、と落ち込んだ。

行くあてのない奈緒を拾ってくれたとはいえ、会社は残業だらけの割にお給料は低いし、忙しくて時間の余裕も持てていない。貯金はないわけではないが心を満たしてくれるほどにはなく、彼氏もいない。恋もしていない。ブスとまではいわなくても可愛いとはいえない平凡な顔で、足には少し肉がつきすぎている。特技もない。趣味もこれといってない。

ひとつひとつ自分の人生を構成しているパーツとそれへの不満を挙げていくと、どんどん心が空しくなって来る。

テレビでは、さっきまで神妙な顔つきで紛争のニュースを読んでいた女子アナが打って変わって笑顔で、今日オープンするというケーキショップのレポートをしていた。こういう女の子たちはきっと、第一志望のいい大学を出て、ミスコンに出て、……と、華やかで楽しい人生を送っているに違いない。そうじゃなければ、朝早くから、こんなに明るくて屈託のない笑顔で笑えるわけがない。

まぶしい画面の中と、ベッドから起きられない自分は、ちょうど世界の表と裏のようだ。映画などでは、ある日、この二人の体が入れ替わって……なんて展開があるけれど、本当にそんなことが自分の身にも起こったらどんなにいいだろう。

あの女子アナの笑顔には、誰かを幸せにするだけの価値がある。何百万人という視聴者が、彼女の姿を見て「よし、今日も頑張ろう」という気になるんだろう。

それに比べて私は、一体何のために生きているのだろう。ふとした時に、そういった思いにがんじがらめになってしまうと、音も光もない真っ暗闇の世界に閉じ込められた気持ちになる。こんな人生に、いつか明かりが差すこともあるのだろうか。

もちろん、奈緒だって自分のことは可愛い。心底愛せなくても自分の人生だ。だから、心の奥の奥では、人生への希望を捨てていない。

いつか自分の人生には、こんなもやもやした思いを一気に吹き飛ばしてくれるような何かが起こるはずだと、希望を持つこともある。

それが何かはわからないけれど、まだ今はその何かが来ていないだけ。だからこんなに苦しいのだ。そう、定期的に自分に言い聞かせる。

いつかきっと、何かが変わるに違いない。そして我慢した分だけ大きな花が開くはず。テレビ画面の女子アナなんか目じゃないくらいに。

ただ、そのいつかがなかなか起こらないので、最近は待ちくたびれている。

今までに何度も「もしかしたら」と思うことはあった。

第一志望の大学の合格発表。そして、第一志望だった会社の採用試験。

落ちているだろうと頭では薄々わかっていても「私の今まで使っていなかった分の運がここで使われるかも」と、奇跡が起きるのを願ってしまっていた。そのたびに、運に裏切られ、使われなかった分の運は次に持ち越しになった気がしていたけれど、本当は怖い。自分ははなから、運なんて持っていないんじゃないだろうか。

一生、このままもやもやと暮らして、人生が花開くことはなく、その間に、目の前の画面で歯茎を見せて品良く笑っている女子アナは、高額な収入を稼ぐスポーツ選手と結婚し、引退してCMで稼ぎ、やがて可愛い赤ちゃんを産み、その子を、自分の出身大学の付属校に入学させるのだろう。勝ち組に選ばれた人たちは、一生そうやって勝ち続ける。私のこの人生は、神様に選んでもらえることのない人生なのだろうか。勝ち組の引立て役になって、終わりなんだろうか。

こうなればいいのにと一生願いながら、自分が持っていないものを持っている人をただ恨み続けて人生を終える……このところそんな考えが、奈緒を苦しめ続けているのだ。

その理由は、奈緒がもうすぐ三〇代に突入するからかもしれない。予定では、二〇代のうちに、結婚をして、子供も産んでいるはずだった。予定では、といったところで、根拠なんて何もなかったけれど、漠然と、自分の人生はうまくいくと信じていた。それがどうだろう。今の自分の姿は、昔描いた理想の自分の姿とことごとくかけ離れている。

——今日はことさら、鬱々とした気持ちが止まらない。

奈緒はしばらく悩んだ末、有休をとることを考えてみた。

それはふと湧いた、ただの「こうしちゃえば楽なのにな」という想像だったけれど、考えれば考えるほど、頭が想像を現実にする方法を求めてしまう。そういえば最近見た映画で、主人公が失恋を理由に会社を休んでいたっけ。日本もあんな風になればいいのに。

スケジュール帳を見たら、幸い社外のアポはなく、翌日の頑張りによって巻き返しが利くスケジュールに思えた。もちろん頑張らなくてはいけないのは自分なので、自分で自分の首をしめる行為とはわかっているけれど。

ライターの田中の記事の最終チェックだけが気になるけれど、それだって、奈緒という存在がなくても、ちゃんと回るように各自が考えるきっかけになるかもしれない。

昨日の優子の顔を思い出す。

困らせたい気持ちと、信じたい気持ちが半々だ。

いつものようにシャワーで強制的に体を起こすこともできたかもしれない。そして、メイクさえすれば、会社に行こうと思えただろう。

でも、今の奈緒には、それが途方もなく過酷な作業に思えた。全身を包む疲れは、脳を芯《しん》から侵食し、体をどんどん腐らせていく気がした。

今日の憂鬱は、ちゃんとリセットさせないと、本当にダメになってしまう。自分が限界に近づいている自覚があった。

ベッドから出られない。憂鬱なことばかり考える。テレビの女子アナに嫉妬《しっと》する。

これはちょっとした鬱症状ではないか。最近美容院で読んだ雑誌で、鬱は若い人にも起こると書いてあった。病院に行ったら、診断書ももらえるかもしれない。奈緒は頭の中でますます「休む理由」を正当化していった。ずる休みではない。そうだ、体はなんともなくても、心の風邪なのだ。

「ええい、どうにでもなれ」と、スマホを手元に引き寄せて、会社にメールを打ち、風邪と偽り休む旨を一方的に告げた。

会社用のメールボックスは、昨夜も、深夜までメールを返していたにも拘《かかわ》らず、朝起きたら、もうすでに何通も未読メールがたまっていた。一体、みんないつ寝ているんだろうか。

ほどなくして、上司から、休むことを了解した返信が来る。

「体をお大事に。会社に来たら、有休届を出してください」

私情のほぼ入らない業務的なメールだけれど、休む許可がおりたことで少しほっとする。いつも同期とは残業の多さをネタに「ブラック企業」なんて揶揄《やゆ》するけれど、さすがに休みたいと言う社員に休むなと言うレベルではない。ネットでは、インフルエンザになっても休ませてくれない企業や、休んだらお給料がひかれる会社など、ブラックな話がたくさん出てくる。そういう企業に勤めている人は、奈緒のような人間のことすら羨ましく思って、勝ち組だと感じているんだろうか。

不思議なことに、会社にいったん行かないと決めたら、体が少し軽くなったように思えた。しばらくテレビを見続け、番組を最後まで見終えたことを合図に、重い体をひきずるように起き上がり、どうにかこうにかシャワーを浴びた。全身を熱いお湯で流すと、血流が良くなる。そのままいつも通り、髪を乾かし、メイクをする。

会社の始業時間になると同時に、ブルブルとスマホが震え始めたので半分ヤケクソで、電源を思いきって切った。後は明日の私に全部任せよう。

そう気持ちを切り替えたら、一日が急に輝き始めた気がした。

……自由だ。

今日は、朝から晩まで、なんの予定もない。

こんな解放感はいつぶりだろう。平日なのにどこにだって行ける。なんだってできる。

そう気づくと、会社がある日は終わるのが待ち遠しいだけの一瞬一瞬が、きらめいて見え始めた。鉛のように重かった体も、会社ではなく好きな場所に行っていいと思った瞬間から、動くようになった。

何をしようか特に考えのないまま、とりあえず服を着替える。着替えると、休みを取り消してこのまま出勤したほうがよいのでは、という後ろめたさが襲ってきたけれど、その感情には強制的にフタをした。

思い返すと、最近は土日のどちらかは会社に行って仕事をしていた気がする。たまった洗濯物を片付け、ゴミを捨てると、少し外の空気が吸いたくなり、外出することに決めた。

家の近くをうろうろするだけでも十分ではあるけれど、気分を変えるために、電車を乗り継いで、表参道《おもてさんどう》に行く。

表参道は、学生時代から大好きな街だ。通りが広々としていて、話題店が多く集まっていて、歩くと元気がもらえる。

少しの間、目的なくぶらぶら散歩した後は、じっくりと書店で新刊を吟味し、買いたての小説を持って、お気に入りのコーヒー店を目指すことにした。そこでゆっくりコーヒーでも飲みながら本を読んで、しばらくしてから、追加でデザートを頼もう……。

ゆったりと読書をしながら、心の落ち着きを取り戻す自分を想像していると、だんだんと気持ちも晴れやかになってきた。今日はどんなデザートを頼もうか。名物のフレンチトーストもいいし、最近メニューに加わった期間限定のチョコレートのタルトでもいい。

わくわくする気持ちは高まっていたのに、お店の前まで行ってみると、見たこともないくらい長い行列ができていた。

なんでも、そのお店のフレンチトーストがテレビで特集されたとかで、見た目からしていかにもミーハーな女子大生が、まるでアイドルの出待ちのようにけたたましく列をなしていたのだ。

せっかくの隠れ家が汚されたようで悔しい。テレビなんかに出て、落ち着いた空間を愛している常連をないがしろにしないでほしいと、お店にまで腹が立ってくる。

でも、せっかく表参道にまで足を延ばしたのだから、このまま帰るわけにはいかない。他のカフェでも探してみよう。

気を取り直して歩き始める。とにかく、大きな犠牲と引き換えに得た貴重な一日をなるべく有効に使いたいのだ。しばらく道なりに進み、気まぐれに角を二つほど曲がる。

するとそこに、今まで見たことのない、新しいお店を発見した。白い小さな入り口は、注意していないと通り過ぎてしまうようなわかりづらさで、確かにお店であることは間違いないけれど、誰かに発見されることを拒否している気配がある。カフェのような気もするけれど、外見だけでは何もわからない。

もしかしたら、ネイルかヘアサロンかもしれない。表参道は、そういった美容スポットができては消えていく変化の速い街だ。情報感度の高い人のための場所だけあって、隠れ家のようなサロンも多い。この建物も、そういった、知る人ぞ知る存在のお店だろうか。

そう思っていると、ドアの横の小さなケースに、名刺大のチラシが入っているのをみつけた。一枚手に取ってみると、そこにはオシャレな金文字で「メンタルジム・ヒカリ」と書いてある。

「メンタルジム・ヒカリは、人生を激変させたいあなたのための場所です。お試しカウンセリングを随時受け付けております」

オシャレなチラシの割に、「激変」だなんて、ミスマッチだ。

「激変」といえば、最近流行のストイックなトレーニングをするスポーツジムのCMがどうしても頭に浮かんでしまう。だるんだるんにたるんだ贅肉《ぜいにく》まみれの男女が、数か月で見違えるように筋肉質に変わって、別人のように自信に満ちた顔をする。あれこそまさに「激変」だ。

あんな風に変われたら、そりゃ人生も変わるだろうけれど、高額な入会金やハードなトレーニングや食事制限があると聞いて怖気《おじけ》づき、通おうとは思わなかった。あそこに通う人たちはどんなきっかけがあって一念発起するんだろうか。テレビCMか何かで、変わった人を目の当たりにして、自分も、と思うのだろうか。

奈緒は、減量に成功した人たちの晴れ晴れしい顔を見るたびに、CMから目をそむけたくなる。自分の意志を貫き、人生を変えた人たちの顔はまぶしすぎる。一点の陰りもなく、これからの人生がこれまでの人生とは別物だと確信しているような顔を、直視できない。

奈緒だって、体だけではなくて、人生まるごと変えたいと思っている。ただ、そのきっかけがないだけだった。目の前の謎のもやもやが取り払われて、毎日幸福感に満ちて過ごせたらどんなにいいだろう。

この「メンタルジム」は、一体何をしてくれる場所なんだろうか。

好奇心がむくむくと湧いた。

どうせ一日休みを取っているし、他にやることもないのだ。仕事の電話も取らないと決めている。この際、普段は絶対にしないことをやってみてもいい。お試しカウンセリングを受けて、この場所の正体を確かめてみるのはどうだろう。好奇心に続いてそんないたずら心が湧く。

一瞬、もしかしたらこれは怪しい宗教で、足を踏み入れたら最後、厄介なことになるのではと考えたけれど、こんなに人通りのある一等地で、まさか怖い思いはしないだろう。変だと思ったら、すぐに逃げればいいのだ。

とにかく中に入ってみよう。

そう思い、扉に手をかける時、ふと、こんな風に自分の意志で新しいことに飛び込むのは久しぶりだと思った。取材で流行の場所にはよく行くし、変わった経験をすることもある。だけど、プライベートな時間で好奇心が湧いたのも久々だったし、こんな勇気の出し方をしたのも久しぶりかもしれない。

「となりのトトロ」で、メイちゃんが小さいトトロを見つけて追いかける、あのシーンを思い浮かべた。あんな風に無心で正体を追える純粋な好奇心は、大人になってからはそう何度も感じない。

感受性というのは、年をとるたびに鈍るんだろう。客観的に見て、取材対象の「面白いこと」に囲まれた毎日だけれど、面白い、と感じる自分に出会えたのは久しぶりではないか。そう考えると、この白い小さな入り口には、出会うべくして出会ったのかもしれない。

少し重さのある扉を押し開けると、中は、宇宙船を彷彿《ほうふつ》させる不思議な空間になっている。黒い壁、白いテーブルと椅子、銀色のライト。配色には温度感がないにも拘らず、不思議と温かみを感じるのは、部屋の各所に飾られているグリーンのせいかもしれない。昔絵本で見たヨーロッパの魔女の実験室にも似ている。酸素でいっぱいなはずなのに、息苦しくなるくらいの緑。

その時、チリンと鈴の音のようなものが聞こえると同時に、扉が動き、背の高い美女が出てきた。周りが宇宙船のようだからか、昔アニメで見た、「銀河鉄道999」のメーテルを思い出す。シャンプーのCMに出られそうな、長くてさらさらの髪の毛。瞬くと音がしそうな、たっぷりと密度のあるまつ毛。すらっと長く、優雅な手足。美女の見本のような美女がそこにはいた。空間を移動してきたかのように現れた彼女は、まるで妖精《ようせい》のようだった。生身の人間だというのはもちろんわかっているけれど、どこか浮世離れしている感じがする。

そして、決して知り合いではないはずなのに、彼女とはすでに会ったことがある気がした。どこだろう……。頭の中で記憶がぱらぱらと、ページをめくるようにめくれあがる。

すごく最近、この人の顔を、私はどこかで見ている。

その時、朝にだらだらと眺めていた芸能ニュースを思い出した。

そうだ。この人の顔を画面越しに見たのだ。朝のニュースで特集されていた、モデルたちの祭典と呼ばれる大きなファッションイベント。そのオープニングを飾ったモデルは、まぎれもなく目の前のこの人だ。

他のメディアでも、よくこの人の顔は見ている。確か名前は……中条《ちゅうじょう》ヒカリだ。

なんで有名人がこんなところにいるんだろう。お客さんだろうか。いや、名前が「ヒカリ」というからには、このジムに何らかの形で関係していると考えるほうが自然だ。このメンタルジム・ヒカリは中条ヒカリがオーナーのサロンなのだろうか。

モデルが副業として飲食店やネイルサロンや、痩身《そうしん》サロンを運営している例はいくつか知っている。雑誌で見たこともあれば、体験取材に行ったこともある。けれど、ヒカリがそういったサロンを運営しているとは、聞いたことがなかった。奈緒はモデルに詳しいわけではないけれど、もしかしたら、名前を隠して運営しているのかもしれない。ヒカリほど名の知れたモデルがビジネスに取り組んで失敗するとなると、週刊誌がうるさいだろう。それに、モデルとしてのブランドイメージも傷つく。

モデルは、おとなしく笑って、難しいことには手を出さないほうがいいと考えている業界人は意外と多い。ネットメディアとはいえ、一応奈緒も、メディアの人間だ。雑誌やテレビ関係の人たちとは何度も会食しているし、彼らの考え方も知っている。あの人たちは、口ではネットの脅威を語るくせに、その実、自分には全く関係ないというていで物事を語る。そして骨の髄まで、考え方が古い。自分たちは時代の最先端だと思い込んでいるのは本人たちだけで、もうとっくに、雑誌だってテレビだって流行《はや》をつくっていない。載せているのは、ネットで流行《はや》ったものの二番煎《せん》じも多い。

とはいえ、奈緒は雑誌もテレビもそれなりに好きだし、その影響力も信じている。女の子の憧《あこが》れの人物は、ネットという場所にうつっても、やっぱりモデルだ。インスタグラムのフォロワー数ランキングも、日本の上位ランキングにはモデルが多かった。

ヒカリも確か、そのランキングに入っていたはずだ。

ヒカリは、奈緒が中学生の頃からトップモデルだったし、今も、数誌の雑誌の看板モデルをしているのではないか。

本物はテレビで見るより数段華奢《きゃしゃ》だ。天性のスタイルを持つ人の特徴はふくらはぎから下の長さと二の腕のラインでわかる。生まれながらのモデル体型の人の腕と脚は、肉のつき方がすらっとまっすぐで美しい。

さらさらでいて、たっぷりとした髪の毛は、少し重そうなところがまた良くて、その輝きから「ヒカリガミ」とファンの間で呼ばれている。

それにしても、ここまでの有名人がなんで、こんなところにいるんだろう。たとえオーナーになっていたとしても、サロンにオーナーのモデルが顔を出すことは珍しい。大抵は、ブログなどで宣伝だけを担当して、本人は店に不在のことが多い。

もしかして中条ヒカリは双子だろうか。

そんな推理を勝手に頭の中で繰り広げていると、今まで観察対象だった彼女が、口を開いた。

「ご新規のお客様ですよね。ご予約はありませんね」

キレイな声だった。テレビに出ているのも何度か見たことがあったけれど、声の記憶まではなかったので新鮮に聞こえた。一本真ん中に軸があり、その周りをふわっとやさしいものが覆っているような、女性らしく、それでいて、意志の強い声。美貌《びぼう》だけでなく、全身から放たれているオーラに、呑《の》み込まれそうになる。

「あ、はい。すみません。近くを通って、気になったから入ってみたんですが」

美しい女性というのは、緊張する。かっこいい男性よりも、むしろ同性だからこそ緊張を感じてしまうのだ。職場にだって同性しかいないけれど、いつも接している同僚や奈緒自身と中条ヒカリは、まるで別の生き物のように思えてくる。育った環境にも考えかたにも、共通点なんてみつけられなそうだ。仕事なら、こういった相手とも堂々と接することができるけれど、プライベートでなんの肩書もないままの自分では、心もとない。

「いらっしゃいませ。ご来店ありがとうございます。看板も説明もないから、なんのお店かわからないですよね。でも、怪しい店じゃないんですよ。

本当に、名前の通りメンタルを鍛えるためのジムなんです。

ご紹介ナシだとうちのようなお店は不安に思われるかもしれませんが、お時間があったら、説明を聞いていかれますか？　カウンセリングシートの記入も必要なので、一時間くらいはかかりますけど」

「……じゃあ、お願いします」

口が勝手に動いた。もしかしてモデルの中条ヒカリさんですか、という質問が出かけたが、呑み込んだ。まだ確信がなかったし、当たっていたら当たっていたで、ミーハーな客だと思われて追い返されてしまうかもしれない。これまでに、何人かの有名人を取材したけれど、みんな、プライベートの場所で有名人扱いされることに対して苦手意識を持っていた。それに、中条ヒカリがなぜここにいるのか、という疑問と同じくらい、ここは一体どういう場所なのかということに興味が湧いた。

「ではまず、これに記入してください」と渡されたカルテには、名前や住所の他、三つの質問が書いてあった。

（1）人生を変えたいですか。

（2）今の自分の人生は1を不満足、5を大満足とすると、何点ですか。

（3）三年以上達成していない目標がありますか。

割とありきたりな質問だ。

1の「人生を変えたいですか」には、はい、2の今の自分の人生への評価は、なんとなく真ん中の数字の3、そして3の「三年以上達成していない目標がありますか」には「ある」を選ぶ。

目標、とまでは掲げていなかったけれど、自分の思い描く理想の生活を送って、幸せになりたいとずっと思い続けているのに、ずっと達成していない。

選んだところでタイミングよく、飲み物が運ばれてきた。

「はい、ご記入ありがとうございます。こちら、確認させていただきますね。ローズティーと、当ジムのパンフレットをどうぞ」

真っ白なテーブルと椅子の向かい側に、ヒカリさんが座った。座り姿も背筋がぴしっと伸びていて、美しい。思わず奈緒も背骨を意識してしまった。

「では、まずはここのご説明をさせていただきますね。うちのお店、『メンタルジム・ヒカリ』はほとんどのお客さんが既存の会員さんや卒業生のご紹介なんです。だから、全く知らないでお店に入ってくる、奈緒さんのような方は珍しいんですよ。あ、失礼しました、奈緒さんと、下の名前でお呼びしてもいいですか？」

「大丈夫です」

会社でも奈緒の部署では、女同士の気軽さとお互いの距離を近づけるためという目的で、下の名前で呼び合うのが普通だった。だから、下の名前で呼ばれるのには慣れている。

「ありがとうございます。では、奈緒さん、奈緒さんは表の、メンタルジムという看板をご覧になったと思うんですが、うちのお店をどんなお店だと思って入ってきましたか？」

「深く考えずに扉を開けてしまったんです。そのまま吸い込まれるように入っちゃって……」

「そうなんですね、ありがとうございます。あの真っ白な扉、私はすごく好きなんですけど、初めて見た人は入りづらいかもしれない、なんて思っていたところです。吸い込まれたなんて言われると嬉しいですね。

ここは、簡単に言うとカウンセリングを行う場所です」

ヒカリさんの声は滑舌がはっきりしていて聞きやすい。説明はどんどん進むけれど、一語一語が頭にしっかりと入っていく感じがした。この人は、表で喋《しゃべ》る仕事をもっとしたらいいのに、なんて余計なことも考えてしまう。

「日本でカウンセリングに行くっていうのは、心が病気だったりして、マイナスをゼロに戻すイメージだと思うんです。

でも、ここの場所は、言ってみれば心を鍛えるためのジム。元気な人の心をもっと元気にします。マイナスをゼロにするのではなく、ゼロをプラスに持って行くための場所なんです。

そして、一か月、三か月、半年、とコースの内容はいろいろあります。それぞれのたてた人生の目標を達成するまで、代表である私や、専門の教育を受けたスタッフがフルパワーでサポートします」

パンフレットには、「毎日に不満はないけれど、もっと自分の人生を良くしたいと思っている方、今この瞬間から人生を変えたい方、人生に満足したい方、そんなあなたは、是非当ジムのカウンセリングをお試しください」と書かれている。

この、もっと自分の人生を良くしたいということは、まさに、私が朝から、いや、本当はここのところずっと、あるいはこれまでの人生でずっと考えていたことだ。

しかも、ちょうどそれが原因で会社を休んでまでいる。

もしこれが映画の中だったら、できすぎた展開にケチをつけたくなるくらいのタイミングだ。

ここに通いさえすれば、表で見たチラシの通り、奈緒の人生は「激変」するのだろうか。もしそうならば、変わった自分を見てみたいとも思う。でも同時に、そんなことが起こるわけがないとも思うのだ。

そして、気になるのがやっぱりお金だ。人生を変えるには一体いくら必要なんだろう？　きっとものすごく高いに違いない。

「あのぉ、一か月コースって一体いくらかかるんですか？」

臆《おく》する必要はないはずなのに、語尾は自然に低くなってしまう。とても払えない金額であれば、この先の説明は聞かず、早々に出ないといけない。

ヒカリさんはいったん奥に下がり、プライスリストと書かれた紙を持って来てくれた。

「例えば、人生が変わる魔法の杖《つえ》が目の前にあったら、奈緒さんは、いくらで買いますか？」

先に質問したのは奈緒のほうなのに、質問で返されてちょっと面食らう。

「んー……。見当がつきません。だってどんなふうに人生が変わるかもよくわからないし」

「こういった言い方は、奈緒さんを怖がらせてしまうかもしれないけれど、人生を変える値段って自分でつけるものだと思うんです。だから、値段ってあってないようなものですよね。

お金の話をもったいぶってもしょうがないので、ぱしっと言ってしまうと、入会金などはかからず、一か月、三か月、半年のコースのみご用意していて、一か月分だとこの値段です」

価格表を見せられ、その上を、ヒカリさんの指がスイスイ泳ぐ。

「ネットやフリーペーパー経由の割引なども一切していません。そもそもうちは、ほとんどご紹介の方でいっぱいなので広告を出していないんです。先ほども申し上げましたが、奈緒さんみたいに全くうちのことを知らないでここに入ってくる人は珍しいんです。決して安くはない値段ですがこの値段の元をとれるかどうか、価格以上のものをみつけられるかどうかは、正直、奈緒さん次第でもあります」

一か月コースは、高いとも安いとも言い切れない価格だった。奈緒の一か月分のお給料のちょうど半分だ。

でも、ヒカリさんの言った通り、人生がこれで変わるなら惜しくない額ではある。

奈緒は昔、「カジュアルに通ってみよう。初めてのメンタルクリニック」と題した精神科入門の記事を書いたことがある。欧米諸国では、お悩み相談所のような感じで精神科が使われていて、一回五千円から数万円で相談が受けられるのだ。もちろん、場所や相手にもよるだろうけどマッサージにいっても、一時間の値段はそれくらいである。一か月は三〇日だから、ヒカリさんがいう「メンタルコーチのメソッド」のカウンセリングに三〇日間通ったら、このくらいの値段にはなるだろう。

勇気を出せば、出せなくはない。けれど、一介のOLにとって、気楽には出せない額だ。ひやかしでは通えない額に設定しておくのは、ジム側もお客を選ぶということだろう。それだけの決心を客側にさせないと、「まあいっか」と甘えが出る。それなりの代償を払ったものに対して、人は一生懸命元を取ろうとする。

奈緒は改めて自分に問うた。

この値段を払ってでも私は人生を変えたいだろうか。そもそも、何をどう変えたいのだろう。この値段を払えばさっきの「今の人生は何点ですか」というアンケートに、迷いなく5点の大満足、をつけられるだろうか。

いや、そんなはずはない。奈緒の人生はこれからも変わらないだろう。これまで約三〇年、こんな態度で人生を送ってきた。あとの三〇年もこのままだろう。そして、そのまま定年まで働いて、愚痴を言いながら、老後を過ごす。そんな人生が自分にはお似合いだ。

そう考えた後に、本当にそれでいいんだろうか、と思い直す。

これまでの三〇年、同じことを続けてきたから、こうやって、不完全燃焼の毎日を過ごしているのだ。あとの三〇年と、その先の数十年をこのままいくか、それとも自分の納得のいくものにするか。未来から見たら、今が分岐点じゃないだろうか。

このまま何も変えなかったら、何も変わらない人生がこの先も続いていくだけだ。

今、これだけのお金を払えば、人生が充実するならそれは、すごく得な取引じゃないだろうか。預金通帳にお金を残したところで、特に買いたいものもないのだ。今まで稼いだお金は将来のために貯めてきていた。その将来というのは今この瞬間かもしれない。

ヒカリさんもそう強くは勧めてこない。

「奈緒さんは、何か大きく人生を変えたいとか、決心があってここに来たわけではないですし、高いと感じるかもしれません。

でも、それだけ払っても人生を変えたい人だけがここに通っています。

逆に言うと、その覚悟がないと出せない値段設定にしています。お金を出して、やるぞ、と奮起してもらわないと、人生なんて変わりませんから」

その言葉には、心から納得できた。たしかに、お金も払う勇気がない人が人生を根こそぎ変えるなんてできるはずがない。ヒカリさんの戦略にまんまとはまっていっている気がしないでもないけれど、彼女の言葉には重みがあって、騙《だま》されている感じはしなかった。むしろ、あと一押しして、自分に決心させてほしいとまで思う。

「これを払うと、どんなことができるんですか？」

「一か月、何回でもうちのジムを予約できます。最低でも週に一回、月に四回は来ていただいて、お話しします。話をしながら、ノートにいろいろ書き出してもらうこともあるかもしれませんが、基本的にはお話が中心です。カウンセリングですね」

「つまり、相談料だけでこの値段なんですよね？」

「はい。でも、絶対に満足していただけると思います。

ただ、うちでは実際に相談者さんに会うことを重視しているので、電話やメールでのサポートはしていません。迷うお値段だと思うので、慎重に考えてください。無理に勧めたり、勧誘の電話をかけることはないので、その点もご安心くださいね。

値段の目安がなくて、比較もできないから、決断が難しいとは思いますが……。

ちなみに奈緒さんは旅行に行かれたりしますか？

旅行でこの額だったら、高いとは思わないと思うんです。それは旅行という経験に奈緒さんが、その値段を払っていいと思っているからですよね。百円のチョコレートも、百円でいいと奈緒さんが思うからこそ、買うんだと思います。奈緒さんは、旅行やチョコレートは買ったことがあるから、高い、安い、というご自身の基準がもう出来上がっています。だから、高い、安いの判断ができますよね。

こういったサービスは他ではなかなか見ないと思いますしご不安だと思います。高いと思うのも当然です。なので、何度も言ってしつこいかもしれませんが、ゆっくりご決断なさってください。

私たちは、私たちを必要としてくださる人には、全力で向き合います。パンフレットを持ち帰ってゆっくり考えてください」

「いえ、持ち帰ったら、逆に決断できなくなっちゃうと思います。こういうのって、今ここで決断するか、一生悩んだまま終わるかだと思うんです……」

「たしかに、勢いは大事ですよね。

私は、欲しいものの価値って、タイミングによって変わると思うんです。例えば、目の前に可愛いワンピースがあって、あ、これ欲しい、絶対に着たい、と思ったらそのワンピースが三万円だとしても、三万円の価値は確実にあると思うんです。でも、その気持ちが冷めて、二週間後にそのワンピースを見たら、もう三万円出してもいいなんて思えないんですよね。ちょっと高いな、と思ってしまう。**ワンピース自体は何も変わっていないのに、自分の中での価値が下がっちゃう**んですよ。だから、欲しいものは欲しい、と思った時に買うのが一番いいし、タイミングを逃したら、価値は下がってしまうと思うんです。このジムも、たぶん、興味が一番湧いている時に入るのが、一番楽しくはなると思います」

「確かに、**物の価値って、いかに自分が欲しているかによって変わりますよね**」

ヒカリさんは、わかってくれて嬉しい、とでも言いたげにまた、ニッコリと笑う。

この人は言葉も巧みだけれど、表情も巧みだ。さすが、表情のプロだけある。

「ところで、ひとつ、聞いてもいいですか？　奈緒さんは、今、人生を変えたいと思っているんですよね。なんで変えたいと思うんですか？　幸せのレベルは3と書いていますよね。これを、いくつにしたいですか？」

さっき、書いたカルテのことだ。正直、幸せのレベルなんてよくわからないから、とりあえず真ん中を選んだだけで、特に理由なんてない。

「それはもちろん、5にしたいです。毎日、幸せだって全身で感じながら生きてみたいって思ってはいるんです。平日の朝だって、今みたいに嫌々じゃなくて、やる気に満ち溢れたまま起きてみたいです。そうなったらすごく幸せだと思います。

でも、そんな日が自分に来るとは思えないんです。

今の状態に満足できなくて……。ううん、今だけじゃなくて、これまでの人生で、私、ずっとうまくなんていったことないんです。今朝も、テレビ番組で司会をしている女子アナを見て、たぶん同じくらいの年なのに、あっちは勝ち組でこっちは負け組で、なんで世の中って不公平なんだろうって思ってました。

実は、私、今日は会社をずる休みしてるんです。別に、風邪や病気なわけじゃなくて、どうしても行く気が起きなくて……。

あ、休むのがクセになっているわけではないです。そして、仕事が嫌いなわけじゃないと思います。たまに、面倒くさくはなりますけど、すごく嫌いってわけでもない。普通です。会社でいじめられたりしているわけでもないし、セクハラだって受けてないし。

でも、今朝ふと何もかもが嫌になって休みたくなっちゃって。いつもは休む想像だけして、会社には行くんですけど、今日は本当にやる気が出なくて、初めて休んだんです。私って変ですか？　でも、病院に行くほどではないと、自分では思っているんです」

「いいえ、変じゃないですよ。私にも、よくわかります、その心境。仕事が嫌になったり、自分のことが嫌になったりする日なんて、**誰にだってありますよ。**

そして、奈緒さんが今朝した選択、正解だと思います。休むって勇気がいりますから。勇気がいるほうの選択をした奈緒さんは偉いと思います。ご自身で、こんなにも客観的に自分の状況を説明できるし、本音も言える。

私たちは、心で動いていますからね。**心が疲れていたら、いろいろうまくいかなくて当然です。**土日っていうのは会社が勝手に決めている休みですから、たまには合わなくなりますよね。自分のタイミングで時には休むことを自分に許してもいいと思います。心や体が壊れてしまう前にね。

奈緒さんは、**自分のことさえちゃんと信じてあげれば必ず人生を変えられます。**だって、奈緒さんは自分が幸せだって自覚をもっているんですもん。会社でいじめられてもいないし、セクハラだって受けていないし、仕事が嫌いでもないって今おっしゃいましたよね？

そのセリフ、なかなか出てきませんから。奈緒さんは、自分の人生のポジティブな要素にちゃんと目が向いているんです。普通は、心が疲れると、視野がどんどん狭くなって、自分のことしか見えなくなって、客観的な視点もなくなります。

本当に助けてあげるのが大変なのは、自分の世界に入り込んじゃっている人なんです」

その言葉を聞いて、奈緒は目からウロコが落ちる気がした。

ヒカリさんは、なめらかに言葉を続ける。

「もう少しだけ聞いてもいいですか？　奈緒さんは、幸せレベルを5にして、毎日幸せだって思うためには**何が必要だと思いますか？**」

唐突に何が必要かと聞かれても、奈緒には答えられない。どうしたら毎日、幸せだと感じながら生きられるか？　それがわからないから、たぶん今ここにいる。そんなの、ふいに聞かれて、答えられる人なんているだろうか。

「よくわからないです。**考えたこと、ないです**」

「そうですよね。それが普通だと思います。普通は、自分にとって何が幸せかってことは考えないんです。だけど、ゴールがどこかわからないマラソンに参加したら、もやもやしませんか。私って、一体どこ目指して走ってるんだろう、何のために走ってるんだろうって思いますよね。

それと同じで、人生にも目標をつくるといいと思うんです。だから、ここでは、何を目標にするかを一緒に決めて、その目標を一緒に達成します。

奈緒さんは、今の人生の中で何が不満ですか?」

質問が矢継ぎ早にくる。

「具体的に何というより、何もかも不満なんです。だから、ピンポイントで出てこないんです。もちろん、さっきも言ったみたいに、すごく不幸せなわけじゃないから、他の人にとっては私の悩みなんて、取るに足らない悩みかもしれません。

太ももが太いし、顔だってもっと可愛く生まれたかったし、今の会社は嫌いじゃないけど、仕事にはもうずっと前から飽き飽きしていて、もっと楽しくてやりがいのある仕事につきたいです。お給料だって、もっと欲しくて、海外旅行やエステにもがんがん行きたいです。

まあ、エステや旅行が人生を楽しくしてくれるかにも自信はないですけど、とにかくもっと新鮮な気持ちで、明日が来るのが待ち遠しいって気持ちになりたいんですよ」

「さっきは何もかもっておっしゃっていたけど、口に出してみると、何もかもではないでしょう? 容姿、お仕事、お金……ちゃんと絞れているじゃないですか。こうやって、人に話すと問題点が具体化するからいいですよね。口に出したり、紙に書いたりすると、もやもやしているものの正体がわかりますよ。

他にはありますか？」

なめらかなヒカリさんの言葉に、つられて口が動き出す。

「まだまだあります。学生時代のことを後からうじうじ言ってもしょうがないんですけど、よく、時間を巻き戻せたらいいなって思います。そもそも、大学も行きたい大学じゃなかったですし。受験、頑張れなかったんです。受験の時期に、親の夫婦喧嘩がすごくて、勉強に集中できなかったんですよね。もっと、仲良しのお父さんとお母さんのもとに生まれていたら、よかったなって思います。

あと、友達にすごくお金持ちな子がいて、その子は、欲しいものはなんでも手に入る生活をしていて、就職も親のコネで入社していて……娘の受験の足をひっぱるうちの両親とは大違い。

私、いい大人なのに、愚痴ばっかり言って、かっこ悪いですよね。それに、私は私の人生で、なんで満足できないんだろうって思います。

上を見ちゃいけないって思っていても、自分より幸せな人が目についてしょうがないんです」

「上を見ちゃいけないって、なんで思うんですか？　上を見るのが普通ですよ」

「え？」

「上を見るって、夢を持つってことですよ。そこに憧れて、その人たちを目指せばいいだけです。妬《ねた》んで、彼らが落ちぶれるのを望んでもなんにもならないですけど。自分より境遇のいい人を憎んだところで、自分の人生は変わりませんよね。それどころか、その人を憎むために、どんどん自分を彼らより下に置かなくちゃいけなくなります。

でも、その人たちを目指して、行動していけば、自分の人生が進みますから。

奈緒さんは、憧れた人の、素敵な要素を自分に取り込む練習をしていけばいいのかもしれませんね。他にはありますか？」

ヒカリさんの言葉は優しくて、こちらを言い負かすというよりは、包み込んでくれている感じがした。でも、実はさっきから、言葉を重ねれば重ねるほど、自分がみっともなく思えていた。

いい年して、何年も前の大学受験の失敗まで持ち出して、親のせいだと言ってみたりして、自分の不幸を正当化するなんて、冷静に考えれば、かっこ悪い。社会人になって、もう何年もたつ。大学時代なんてもう一〇年ほど前の話になるのだ。そんな昔の失敗をひきずって、このまま一生被害者気分で生きるんだろうか、と奈緒は自問自答した。

そんなみじめな人生は嫌だ。

「もう、この際だから全部吐き出してもいいですか？　小さいことだけど、朝、起きられないことも、すごく嫌なんです。学生時代、結構早起きは得意だったんですけど、最近はあんまりぱっと起きられなくて、そんな自分にイライラします」

「朝起きられないのは、もしかしたら、毎日の憂鬱と密接に関係しているのかもしれませんね。あるいは単純に睡眠時間が足りないか。

では私からまた聞きたいんですが、今奈緒さんが言ったことが全部解消されたら、奈緒さんは人生が変わったって思えるんですよね？　それが、奈緒さんの理想の人生なんですよね？」

思わず、声が詰まる。そんな風に考えたことはなかった。例えば早起きができたら、今より毎日は少し、生き生きするかもしれないけれど、それぐらいのことを幸せと呼んでよいのだろうか。

「幸せ」という言葉にふさわしいのは、もっと大きな何かじゃないだろうか。そりゃ、小さな不満が全部解消されたら毎日は今より、良くはなるだろう。でも、そんなことで、人生が激変、と言えるのだろうか。たかが早起きだけで？

激変、という言葉にはもっともっと大きな、根本からの変化が必要ではないだろうか。自分と誰かの人生がまるごと取り換えられてしまうくらいの。

それに、この目の前の美女が、果たして、私の人生を変えてくれるのかということも怪しい。

足が太いのも、朝に起きられないのも、**他の誰でもない、私の問題だ。**完全に自分のせいなのだ。この美女・ヒカリさんが何かをしてくれたところで、変わるわけがない。私が払ったお金と引き換えに、ヒカリさんが私の代わりに早起きをしてくれても、ダイエットをしてくれても、私は私のままだ。早起きは、訓練したところで身につくのかよくわからないし、ダイエットなら、ここにいるより、スポーツジムに行ったり、痩身サロンに通うべきだろう。

そんなふうに頭の中で自問自答を続けていると、ふと気づいた。

そうだ、全部、これって、目の前のヒカリさんの問題なんかじゃない。彼女の人生は彼女のもので、奈緒の人生は奈緒のものなのだ。どんなにヒカリさんが私を想ってくれても、**人生を私の代わりに生きてくれるわけではない。**

早起きにしたって、ダイエットにしたって、自分で考えて、自分で解決しないといけない問題だ。

「まあ、早起きができたり、痩せたりして小さな不満が全部消えたら、人生が変わったって思えなくもないかもしれないです。理想の人生か、と言われたらそうまでは言いきれないですけど……」

「一つ一つ変えていったら、やがて全部が変わりますよ。いっぺんに全部は無理ですけど。もしよかったらさっき奈緒さん自身が口に出した不満を、一か月でひとつひとつ一緒に考えて、どうやって改善していくか、考えてみませんか？　変えたい気持ちと変わろうという意志があれば人生は変わるって実感してもらえると思うんです」

ヒカリさんは、確信を持った口調で言った。それは、ヒカリさん自身が、自分の人生を思い通りにしてきたからこそ言える言葉なのだろうか。

「そういえば、ごめんなさい、私、自分が名乗っていないことに気づいてしまいました。申し遅れましたが、このメンタルジム・ヒカリの代表をしている、ヒカリと申します。よろしくお願いします」

ああ、やっぱり、この人は中条ヒカリさんなのだな、と奈緒は思った。今更名乗らないでも、知ってました……そう心の中で唱える。

でもそれをヒカリさんに告げるよりも、このジムに自分は入るべきではないか、今、この瞬間、この場所にいるのには、理由があるのではないかということで頭がいっぱいだった。

三〇分後、奈緒は帰宅するため、表参道駅に向かって歩いていた。

足取り軽く、思わずぶんぶんと前後に動かしてしまう手の中には、領収書がある。メンタルジム・ヒカリの一か月コースの料金をカードで支払ったのだ。

さっきまで、「人生を変えるためにお金を払う」という未体験のことにどぎまぎして、本当にこれは、怪しい世界への入り口ではないのかとか、この額を払うだけの価値があるだろうかとか、疑問と不安がつきなかったけれど、いざ払ってしまうと、いっそ清々《すがすが》しい気持ちになれた。そして、お金を払うという思い切った行動が、自分をすでに大きく前に動かしてくれた気がした。ヒカリさんとの会話の中で、「こうやって、ヒカリさんと話しながら、不満をひとつひとつつぶしていくようにすれば、自分の力で人生を変えられる」というイメージが湧いたのだ。**決意というのは、意外に弱いから、目に見える形にしないといけない。**だから、この領収書と手渡された白い会員カードには、すごく意味がある。これらは、奈緒が自分の人生を変える、という強い決心をしたことの証《あかし》なのだ。

ふらっと立ち寄るだけのつもりだったのに、すごく大きな買い物をしてしまった。だけど、後悔はしていない。

最悪、このお金は無駄になってもいい。

大学受験に失敗したおかげで、あまり大学生活を楽しく過ごせなかった。楽しく過ごしたら、自分の二流大学での生活を肯定してしまう気がしたのだ。だから、こんなところにいるはずじゃなかった、という気持ちを保つために、心から話せる友人も作らなかったし、サークルも一瞬顔を出しただけで、あまり続けなかった。バイトやネットサーフィンばかりしていた。

どんな大人も、二〇代で、一回はバカなことをしているんじゃないだろうか。それは、大きなことではなくても、大学時代にお酒を飲んで失敗したり、とんでもないものを買ってしまったり。

奈緒にはそういう経験がない。だからこそ、もうすぐ三〇代を迎える身として、「二〇代の黒歴史」があってもいいと吹っ切れた。二〇代、最初で最後の大きな買い物だ。

それに、今まで「こういうことはしないだろう」ということをしなかったから人生が「こういうふうになるだろう」と思ったとおりになったのかもしれない。だからこそ、自分で自分を裏切ってみようと思ったのだ。神様がいるとしたら、今頃、私の突然の脈絡のない行動に、驚いているだろう。この行動は、「こんなはずじゃなかった」という予想外の人生を奈緒に見せてくれるかもしれない。

そして何より、ヒカリさんにも興味が湧いた。

あのヒカリさんがなぜ、あんな場所であんなことをしているか、絶対に一か月のうちに聞いてみたい。

わずかな時間だけで、人間的な魅力と、芯の強さを浴びるほど感じた。背筋がピンとして、動作のひとつひとつが、流れるように美しい。あの人と同じ空間にいるだけで、気持ちが落ち着く気がしたのはなぜだろう。ヒカリさんと、この一か月、何度も会うことで、それこそ「憧れた人の、素敵な要素を自分に取り込む練習」になるかもしれなかった。

今までは存在を知っていただけで、気になる存在ではなかった「中条ヒカリ」が猛烈に気になる存在になった。それは、ただ有名人に会えたという高ぶりだけでは説明がつかない。この引力は一体なんだろう。たまたま有休を取った日に会えたことが理由かもしれないけれど、この出会いを運命づけたがっている自分がいる。

ヒカリさんがただの表面的な美人であれば、奈緒は外見に圧倒されて、逆に、もう二度と会わないという選択をしただろう。朝の女子アナの、屈託ない笑顔をまた思い出す。完璧《かんぺき》な美や愛らしさは、それを持ち合わせていない奈緒の劣等感を刺激するのだ。普段だったら、奈緒はヒカリさんのそばで、居心地の悪さを感じ、ヒカリさんを憎んでいたかもしれない。こんなにも全てを持って生まれてきた、恵まれた人間は、他の恵まれていない人間からの憎悪の対象になることによって、やっとバランスが取れるんじゃないだろうか。

多かれ少なかれ、人は自分の外見にコンプレックスを持っていて、コンプレックスを刺激してくる相手のことは少しぐらい憎んでも仕方ないと思う。

こんな自分は情けないと思いながらも、ちょっとしたアラを美人な友人の顔に見つけると、ほのかに嬉しくなってしまうのは否定できない。ファンデーションが顔の上でよれていたり、口元のシワが目立ったり、おでこにコテの大きなヤケド痕《あと》がついていた時、奈緒は気づかないフリをしていても、ついつい心の中でほくそえんでいた。

だけど、ヒカリさんに関しては、憎む気持ちが一切湧いてこなかった。外見は完璧すぎてアラ探しのしようがないとも思ったけれど、それ以上に、ヒカリさんには、そういう意地悪な気持ちをこちらが持ってしまうようなスキを与えないオーラがあるのだ。

家に帰り、早速、二日後にカウンセリングの予約を取ったら、二日後が待ち遠しくなった。

お金と引き換えに、別人になる切符を手に入れたのだ。大きな大きな買い物ではあったけれど、これから一か月、こうやってわくわくし続けられると同時に、人生がぐんぐん前向きに変わっていくことを考えたら、いい買い物をしたと思えてきた。

実際にはまだ変わってもいない人生が、すでに変わり始めた気さえしてきた。やっと、奈緒の人生は始まったのかもしれない。

1　心と体のダイエット

翌朝、会社に着くと、上司がわざわざ席まで来て声をかけてくれた。

「風邪、大丈夫？　無理しないでね」

良心がちくりと痛む。けれど一日休んだおかげで、メンタルジムにも出会えたし、休むのは会社員の当然の権利だ。

「無理しないでね」が「ちょっとやそっとのことくらいで休むな」とか「自己管理をちゃんとしろ」という意味を含んでいる気がするのは、被害妄想だろうか。

その後、「有休届、忘れないでね」と言われて、そうか、それを言うために来たのか、と納得した。最近会社が有休届の提出や領収書の提出に関して、こうるさい。それらをとりまとめるのは管理職の役目だ。奈緒の顔色をわざわざ見に来たのは、月末の申請忘れのチェック作業を少しでも軽くするためなのかもしれない。

上司が立ち去った後、入れ替わりで優子が出社してきた。

「あ、奈緒さんおはようございます」

「おはよう。そうそう、昨日田中さんの原稿、どうした？」

「あ、今日最初に確認しようと思ってました。チェックしたら問題なかったんで、私の判断で配信させていただきました。奈緒さんに何度も電話かけたんですけど、出なかったし、お風邪の時に申し訳ないと思って……。確認できないまま出してすみません。でも今日配信の記事も多いので、昨日どうしても出さなきゃと思って……。今のところ好評なんですけど、問題があったらすぐに修正します」

実は、配信した記事はすでに朝の電車の中で確認していた。最近流行のコーヒーショップへの取材記事で、よくまとまっていたと思う。賛否のある取り扱い注意ネタでもなく、特に奈緒がチェックする必要性もなかったので、優子がチェックして配信してくれていて助かった。

優子は、まずかったかな、と自信なさそうな顔をしていたけれど、奈緒は笑って「ありがとね、助かった」と言えた。

優子が、自分で判断してくれたことが嬉《うれ》しかった。それに、責任が自分にもあるという意識を優子が持ってくれていたことを知ることができた。優子は奈緒にまかせきりで、PVのことなんて考えたこともないと思っていたけれど、その考えは間違っていたこともわかった。

記事は、最近テレビでも取り上げられてちょっと話題のコーヒーショップだったこと、関係者のシェアのおかげで、ネット上での評判もまずまずだ。

優子が嬉しそうに「良かったです!」と言って席につくのを見届けて、奈緒は目の前のパソコンのモニターに向き合う。

処理しなくてはいけないメールは二日分。気合をいれなくては終わらないので、「集中しよう」と自分に言い聞かせ、一心不乱に作業をする。幸い、資料作成や打ち合わせが少なかったおかげで、ほとんどの遅れは取り返したけれど、あまりにも集中したので、十七時を回った頃には疲れ切っていた。

昨日は長く、自由に感じた一日だけれど、今日はただただ窮屈であっという間だ。お昼に出かける時間ももったいなくて、ランチは、栄養補助食クッキーをかじっただけ。その後、毎昼食後にコンビニに行く優子に頼んで買ってきてもらったおにぎりをパクつきながら、作業を続けた。

ヒカリさんがいた宇宙船のようなカウンセリンググルームを思い出す。昨日はなんだか人生が変わった気がしたけれど、目の前にいくつも机が並び、みんなが斜め下を向きながらカチカチとキーボードを叩《たた》いている今となっては、全てが夢だったように思えてくる。奈緒が喋《しゃべ》っていたのは、本当に「中条ヒカリ」だったのだろうか。確信をもっていたにも拘《かかわ》らず、急に自信がなくなる。まるで、ものすごく現実味のある夢からいきなり覚めたみたいに、自分がオフィスにいることが信じられなかった。でも、これが私の現実なのだ。休む前と何も変わっていない。

作業を続けていると、デスクに大きな人影が見えて、視界がワントーン暗くなった。同じ部署の女性部員なら、こんなに大きな人影はできない。顔を上げてみると、同期の吉田《よしだ》だった。

「よっ、奈緒ちゃん、なんか昨日、体調不良で休んだんだって？　大丈夫？」

吉田は、何かというとからんでくる、うるさい存在だった。同期で研修班が一緒だったことから、たまに言葉を交わすようになり、前の部署にいた時は、よく吉田からも仕事を頼まれた。嫌いではないけれど、なんとなく苦手だ。吉田の明るさは、嘘っぽいのだ。とってつけたような大げさな笑顔や、芸人のように大きなリアクション。笑い声の大きさも鼻につく。

わざと「奈緒ちゃん」と下の名前で呼んでくるのは研修班が一緒になった時からだけれど、断りがあったわけでもなく、気が付けば下の名前で呼ばれていた。抗議して波風を立てるほどのことでもない。なんて呼ばれようと別にいい。けれど、そんなふうに馴《な》れ馴れしくして「フレンドリーな俺」というキャラを保っている吉田のことがあまり好きにはなれない。

「なんかさ、風邪だって聞いたから、はい、ビタミンC！」

栄養ドリンクを渡された。普通ならありがたく受けとるけれど、相手が吉田だと「弱ってる同期に栄養ドリンクを届ける俺」という茶番に付き合わされている気がしてくる。

「ああ、ありがとう」

「もう平気？」

「平気だから会社に来た。っていうか、一日いないだけで、仕事たまりすぎなんだよね」

奈緒としては、忙しくて、ゆっくり喋っている暇がないことをそれとなく伝えたつもりだった。

「そうだよねー。奈緒ちゃん、編集長だもんね」

吉田は話題を探しているのか、奈緒の机周りをキョロキョロ見ている。

「ごめん、ちょっと今ピンチだから、また後で。ドリンク、ほんと助かるわ。ありがとね！」

最後のありがとね、は「これ以上邪魔をするな」というニュアンスを込めて、そっけなく言い放った。吉田は、奈緒の言葉に含まれていたトゲには気づかない様子で「何かあったら相談にのるから言ってね。同期だからさ」と言いながら去って行く。

吉田のように、挫折《ざせつ》を知らなそうな人間は昔から苦手だ。

楽しそうに毎日を過ごす人に憧《あこが》れているくせに、なんで吉田のことは好きになれないんだろう。もしかしたら、嘘くささのせいかもしれない。吉田だって、自分の毎日に満足なんてしていないはずだ。いや、していいはずがない、という考えが奈緒にはある。毎日毎日つまらない営業回りをさせられて、奈緒と変わらない、安い給料をもらって、そのお金と引き換えに、お得意先にへこへこして。奈緒にとって不満だらけのこの人生でも楽しそうにふるまえる吉田は、人生に満足しているのだろうか。奈緒の目には、吉田は、中途半端すぎる人生に甘んじて、現実を見つめずに楽しいフリをしているバカに見える。

ただ、吉田にもらった栄養ドリンクは冷たくて甘く、おかげでリフレッシュはできた。口の中に残るシュワシュワしたしびれを感じながら、もしかしたら少し、吉田を邪険に扱いすぎたかもしれないと反省した。

翌日も一日があっという間に過ぎたが、前日と違って、オフィス近くのカフェにランチを食べに行く余裕があった。

せっかくだから、カフェに行って定食を頼むことにする。ジンジャーポークなんていうしゃれた名前がついているけれど、何のことはない。ただの豚の生姜《しょうが》焼きだ。

食べながらも、スマホをいじる指は止まらない。昨日配信した記事の反響をツイッターでチェックする。シェア数は順調に伸びていて、記事の反応は相変わらず好意的なものばかりだった。飲食系の記事は、批判が少ない上に、PVが伸びやすい。来月はもう少し記事数を増やそうか、と頭の中で戦略を立てる。

一人でご飯に行く時は、スマホをいじりながら食べるので、結局こうやって仕事のことばかり考えてしまう。優子などを誘って数人で食べに行くこともあるけれど、予定を合わすのは結構面倒なので、一人ご飯の頻度が多い。

炒《いた》めた玉ねぎと豚肉を交互に口に運びながら、奈緒はふと思いだしてヒカリの名前を検索した。

中条ヒカリ。年齢非公表。大手の事務所に所属。アメリカとイギリスに留学歴あり。唯一更新しているSNSはインスタグラムで、主に仕事風景しかアップせず、プライベートはあまり明かさないことで有名――。

そのまま、ヒカリに関する記事や、ヒカリの画像を集めたまとめサイトを見ているうちに、食事を終えてしまった。

このジンジャーポークとやらは、一体どれくらいの時間をかけて作られたんだろう。付け合わせのポテトサラダや、食前に出てきたスープを合わせると、それなりの時間がかかったと思うけれど、食べてしまえば一瞬だ。奈緒は女にしては食べるのが速いとよく言われ、ボリュームのあるここの定食も一〇分くらいで完食してしまう。

どんな仕事も、準備には膨大な時間がかかり、消費するのは一瞬だ。

金曜の夜のオフィスは、いつもとちがって人が少ない。

奈緒もいつもなら、少しだけ早めに仕事を切り上げて誰かしらと飲みに行くけれど、今日はまっすぐメンタルジムに行く予定がある。

彼氏でもできたんですか、なんてちゃかしてくる後輩たちに「そうだったらいいんだけどね」なんて言って適当にごまかしながら、まっすぐ表参道のメンタルジムに向かった。

白い扉をくぐると、ヒカリさんが待ってくれていた。

「奈緒さん、こんにちは。待ってました。予約の時間より少し早いですけど、初回ですし、早速始めましょう。今日は何を飲みますか？ スカッとするミントティー、香りのよいローズティー、それから爽《さわ》やかな甘みのグレープフルーツティーと、リラックス効果のあるシナモンティーも用意しています」

「私の担当のカウンセラーはヒカリさんになるんですか？」

「そうなの。できる限り私が担当させていただくわね。せっかくのご縁だから。

それからごめんなさい、前回お話ししていなかったんですが、ここでは約束事が二つあるので、誓約書にサインしていただいてもいいですか？ 一つめは、カウンセリングの詳しい内容やカウンセリングを担当するカウンセラーについて、他言しないこと。二つめは、カウンセリングは原則サロンのみで行うので、メールや電話などでの相談を依頼しないことです。

詳しくはこの書面に書いてあるので、読んで、大丈夫だったらサインしてください」

書面には、他にも、ブログなどのSNSにこの場所や電話番号を書かないこと、ジム内で写真撮影をしないことなどいくつかの注意事項が書いてあった。奈緒はツイッターもフェイスブックもやっていたけれど、あまり更新するタイプではない。仕事でサイトの公式アカウントを運用するだけでいっぱいいっぱいなのだ。それに、芸能人やモデルさんと違って、特に発信したいような日常でもないので、この条件はなんなく呑める。ハンコは持ってきていなかったけれど、サインだけでよいということだったので、躊躇《ちゅうちょ》なくサインした。

お茶は迷った末に、グレープフルーツティーにした。

「うん、正解だと思う」と笑ったヒカリさんは、そのまま奥にいき、ほどなくして、お茶と共に戻ってきた。ずいぶん距離が近い感じがするのは、敬語が崩れているからかもしれない。そう思っていたら、まさにそんな奈緒の気持ちを読んだかのように

「あ、言っていなかったけど私、自分がカウンセリングを担当するお客さんは、お客さんというより、親しい友人の話し相手をする感覚で接したいの。奈緒さんにもそうさせていただいてよいかな？」と言われた。

「あ、はい。もちろんです」

断る理由はない。まるで果実を搾ったかのような芳香のお茶を口に含むと、心もほろほろと柔らかくほぐれていく。

「今日は何をするんですか？」

「前に来たときに奈緒さんにやってもらったことを、もう少し丁寧にやっていきまし

ょう。いわば人生の毒出しね。毒を出さないと、いいものも入らないの」

「最初の時にもやった、人生の不満を言うみたいなことをもう一回やるんですか」

「その通り。もっともっとしっかりと、奈緒さんが、ぼんやりと考えている不満要素が鮮明になるまでやっていきましょう」

そう言ってヒカリさんは笑ったけれど、もっと楽しいことや珍しいことが始まるんじゃないかと思っていたので、正直ガッカリした。すぐに気を取り直したけれど、感情のゆらぎは、あからさまに表情に出たみたいだ。

「あ、もしかして奈緒さん、ガッカリした？　もっと楽しい、何かすごいことが始まるとか思いました？」

「はい。すみません……。いや、はいって言ったら失礼ですけど……」

しどろもどろになってしまう。

「たとえばですけど、NASAとかなんかすごい機関が開発したテストをやって、自分のタイプを見て、みたいな難しいことをするのかと思ってました」

ヒカリさんは、笑うと、ピンク色の歯茎と、歯並びの良い真っ白な歯が見える。

「うふふ。NASAのテストがあったら、奈緒さんを満足させられたのね。でもごめんなさい、ああいうテストは人間の傾向を知るにはいいけど、解決のための具体策にはつながりづらいと思うのよ。ここではひたすら、対話をするの」

目の前にカルテとペンが置かれた。

「奈緒さんの生活の中での不満を、思いつくだけ書いてみましょうか。そして、優先順位をつけて、解決できそうなものをできるだけ多くこの一か月で、変えていきましょ。前回も同じことを言ったけれど、不満をひとつひとつ丁寧につぶしていきさえすれば、人生は変わるから。

時間はいくら使っても平気なので、まず紙に思いつく悩みを書いてみて」

馬鹿らしいような気もしたけれど、このためにお金を払っているのは自分なのだから、やらないのはもっと馬鹿らしい。ペンを持って、思いつく順に書いていく。

・体型→もう少し痩《や》せたい。

・仕事→やりがいのある仕事をしたい。誰でもできるようなことではなく、自分にしかできない仕事がしたい。

・時間→余裕が欲しい。リフレッシュしたい。休みをとって旅行にも行きたい。仕事や遊びの合間に、ふと「こんなことをしていていいのか」と思ってしまって心から楽しめない。

・お金↓お金の余裕を持ちたい。

・毎日同じような生活で、退屈を感じる。刺激的な出来事が欲しい。人生に飽きた。

ここでペンが止まった。

さっと出てくるのはこれだけだった。私のもやもやの原因って、もしかして、たったこれだけだったんだろうか……。

そんなはずはない。時間はいくらでもとっていいと言われたし、もう少しじっくり考えてみよう。

「整理しなくていいわ。思うままに書いてくれていいの。順番だってバラバラで平気です。後から一緒に整理したらいいんですから。とにかく、全部紙の上に吐きだしてください。毒を出すってことに集中して」

仕方ないので、無理やり項目を増やしていく。私の不満……これがどうにかなったら、人生が変わる、というようなこと。

・人間関係→家族の仲が悪くて、家の中の雰囲気が悪い。父と母に仲良くしてもらいたい。
・恋愛→素敵な恋人が欲しい。

ここまで書いて、自分で自分が笑えてきた。女性誌のお悩み相談コーナーそのものじゃないか。

私って、平凡なんだな……。きっと、**みんなが悩むようなことで悩んでる。**私だけが特別なわけじゃないのかもしれない。

さらなる不満を書き加えようとしたけれど、これ以上は思いつかなかった。

それが何より驚きだ。**頭の中にあるうちは、無限に悩みがあって永遠に解決しないと思っていたのに。**

「もっとある気がしてたんですけど、ぱっと今思いついたのはこれくらいです」

「まあ、他に途中で思いついたら付け足してくれて大丈夫だから。とりあえず、今目の前にある悩みを、ひとつひとつ、見ていきましょう。ちなみに、この中で一番自分の中で長く悩んでいるものはどれ？

今から何をするかというとね、一番解消したいものを決めるの。悩みの優先順位をつけていきましょう。奈緒さん、断捨離ってわかりますか？　徹底的に家の中をお掃除していく、アレ」

「断捨離はもちろんわかりますけど……」

「物が片付けられない人って、どこに何があるかわかってないことが多いのよ。でも、どこに何があるかわかったり、いるものといらないものを区別していくとスッキリしますよね。

同じことを、心に置き換えてやっていきましょう。悩みの形とか、置き場所とかを知って、優先順位をつけて、悩みと仲良くなるの」

「え？　仲良くなるんですか？」

「そうよ。だって、悩みって、一生つきまとうものでしょう？」

「一生つきまとう？　つきまとわないために、このジムに来ていると思ったんですけど」

「そんなわけないわよ。どんなに偉い人だって、成功している人だって、悩みはあるんだから。むしろ、そういう人たちのほうが、たくさん悩みを持っているし、解決するのが難しい大きな悩みを持っていることが多いの。多かれ少なかれ、誰にだって悩みはあるのよ。**悩みなんて、生きていることの証《あかし》なんだから。**

もしかして、奈緒さん、私にも悩みがないと思ってた？　私にもあるし、ない人なんていないわよ」

人の悩みを聞くくらいだから、ヒカリさんには悩みなんて何もないと思っていた。それをそのまま口にする。

「私、幸せっていうのは悩みがないことだと思っていました」

「奈緒さんの心の中に、悩みがあると不幸せだって思い込みがあるのかもね。まずその考え方をやめて、悩みに感謝してみましょ」

「感謝ですか？」

「そう、感謝。だって悩みのおかげで私たち、生きてるのよ。どんな人でも、例えばお腹が減ったり、喉《のど》が渇いたりするでしょ？　それで、その瞬間に、食べ物だったり飲み物が手に入らなかったら、どうやって手に入れるか考えるでしょ？　悩みってもともと、生存本能から来ているの」

なるほど……。ヒカリさんは一体どんな人生を送ってきたんだろう。無駄のない的確な言葉たちは、すんなりと心に入り込んでいく。

「悩みに感謝なんて、考えたこともなかったな……。むしろ幸せな人生にたちはだかる邪魔者だと思ってました」

「そうそう、普通はそう考えちゃうわよね。

でも、悩みがゼロの人生なんて、楽しくないと思うのよ。それって、成長してないってことだから。解決できる程度のことしかいつもないってことでしょ。奈緒さんだって、これまでいろんな悩みを解決しながら、今日まで生きてきたと思うの。

今のお仕事にしても、就職したいとか自分の力でお金を稼ぎたいっていう、ある意味『悩み』があったから、手に入れたのよね。その前は大学に入るためにきっと勉強したわよね。それだって、勉強している時は早く自由になればいいと思いながら嫌々勉強したんだろうけど、過ぎてしまえば、その時の頑張りが今に導いてくれたって思えたりしない？」

「まあ受験は、もう二度としたくないですけど。勉強、好きじゃないので」

「そうね、でも間違いなくその経験も、今の奈緒さんをつくってくれているの。小さい悩みを少しずつ少しずつ解決しながら歩むのが、人生だと個人的には思ってる。これはあくまで私の考え方として参考程度に聞いてね。

最初に断っておくけれど、私が喋ることに絶対的なことなんて何もないわ。普通のスポーツジムだったら、体をつくるために、カウンセラーの言う食事制限やトレーニング法を忠実に、真似すべきよね。でも体の整え方と心の整え方は違うから。奈緒さんには、私の言うことをフラットに受け止めてほしいの。基本的には、考え方の強制はここでは一切しないわ。答えを探すのは奈緒さんなの。でも、私が言ったことの中に奈緒さんが『いいな』と思うことがあれば、取り入れてね。

私たちカウンセラーは、奈緒さんが自分でも気づいていない奈緒さんの考えを引き出すことができると思う。でも、私たちにできるのは引き出すことまでだから。ここでは質問をたくさんしていくから、答える中で、奈緒さんは今ぼんやりと抱えている悩みや思いを、より正確に把握できるようになると思う」

すべては自分次第ということか。でも、それでは高いお金を払って、ここに来た意味は何なのだろう。

もっともっと、いろんなことを教えてほしい。手取り足取り、これをやって、これをするなと決めて、これまでの人生の過ごし方を根本から矯正してほしい。

「私、ジムっていろんなことを教わるんだと思ってました」

少し責めるような言い方になってしまったけれどヒカリさんはあくまで冷静で、それでいて柔らかだ。

「ここでは、教えはしないわ。一緒に考えるだけ。

最終的には決めるのは自分だから。**人に押し付けられたことを無理やりやったら、**

結局また、その人のせいにしてしまうでしょ。だから、強制は絶対にしない。それがこのジムのルールなの」

確かに、もしもヒカリさんに何かを強制されたら、具体的な行動を取ることを、なんだかんだで避けていただろう。そして、ヒカリさんのアドバイスが悪かったと責任転嫁してしまう可能性もある。

高いお金を払ったのに人生が全然変わらないじゃないか、責任を取ってくれ、と。でも、**自分で決めたことができなかったのなら、それは自分の責任だ。**そして冷静になって考えてみると、それこそが、人生の在るべき姿なのかもしれない。今まで、奈緒はたぶん逃げていたのだ。全てを何かのせいにして。

この数分間と、この気づきだけで、すでに今日ここに来た意味があったと思えるだけの満足感があった。自分は、ずっと人生の主導権を握れたのに、全くその意識がなくて、どこか他人任せなところがあった。それに、たった今気づけた。

「私って、悩みがあるとか毎日モヤモヤしてるって悲観しながら、その悩みとモヤモヤの中身は、見て見ぬふりをしてきたのかもしれませんね。

それってもしかして自分で自分の幸せを遠ざけていたってことでしょうか。幸せになりたいのに、幸せから目を背けてたのかなあ」

「自分の人生が自分の意志でしか動かせないことに気づくのって、なかなか大変なの。でも、人って、本当は変わろうと思った瞬間から、自分の力で変われるの。

奈緒さんが今気づいた通り、幸せになりたいのに、幸せになることを真剣に考えていない人って本当に多くて。私自身も、時々何が幸せか見失うわ。幸せって明確な定義はないからね。

それから、自分が幸せになるのに値しない人間だと思い込んで、幸せになることを避けてしまっている人だっているのよ。実は不幸せであると思い込んでいたほうが本人は幸せなこともあるし」

「不幸せなほうが幸せって一体どういうことですか？」

「自分が幸せだって認めるのって、勇気がいることなのよ。不幸せだって思い込んで自分を憐《あわ》れんで、安全地帯から動かなければ、傷つくことはないから。

例えば奈緒さん、小さい頃、病気のフリをしたことってない？」

「昔、学校を休みたくて、風邪のフリをしたことがあります。あ、そういえば先日も会社を仮病でずる休みしました」

「そうすると、他の人に気遣ってもらえるわよね。大丈夫？　って」

「そうですね、翌日会社に行ったら、上司に気にかけてもらえました。学生時代も、母や先生から、風邪をひいたらすごく大切に扱ってもらえたかも」

「そうそう、そうやって、弱い時ってみんなが大切に扱ってくれるから、心地いいのよ。それに味を占めた人って、弱ってない時も、弱っているふりをするの。体と心はつながっているから、自分は具合が悪いんだと自分に暗示をかけていると、本当に具合が悪くなってくることもあるわ。それがクセになると、自分で自分を騙《だま》せるようになってきちゃうの。これが『不幸せのフリをしているのが幸せ』という状態」

「自分は病気だ、不幸せだって思いこむと、自分で自分に甘えることへの言い訳がたつんですね……」

「そういうこと。よく前向きな言葉を使うといいって言うけど、それはちゃんと前向きな言葉を自分に言い聞かせると、その言葉が自分自身に染みこんでいくからなのよ。奈緒さんは、一番最初の悩みに、体型のことを書いているわよね。これはどうして?」

「悩みって言われて、頭に一番最初に思い浮かんだので書きました。思い浮かんだってことは、たぶんずっと頭の中にはあったんでしょうね。

昔はもう少し引き締まった体型だったんです。でも、社会人になってから運動不足で、ここ数年ずっと、あと数キロ痩せたいって思いながら、実現できていなくて。週末が来るたびに、運動しなきゃな、スポーツジム入会しようかな、ランニング始めようかな、っていろんなことが頭をよぎるんですけど、思っただけで終わっていく。そんな週末を何度も繰り返して、気づいたら数年たっているなあって思ったんです」

「確かに、そうやって『思っているだけ』で、何も行動に移していなかったから、奈緒さんの頭の中には消化不良感が残っていたんでしょうね。

でも奈緒さんは、痩せたら、幸せになれると思う？　**具体的にはどんな点で幸せになれると思うかしら？」**

「痩せたらどんな気持ちになるだろう……。ただ、体を動かすたびに、今よりも軽かったら、気持ちもきっと軽いんだろうなあって感覚があります。フットワークも軽くなるかも。あとはたぶん、お洋服が今よりも、自信を持って着られるようになるから、毎朝、気持ち良く会社に行けると思うんです」

「体を動かすたびに軽さを感じるっていうのは素敵な表現ね。それってもし痩せたら、体を動かすたびに幸せってことだから、一日中幸福感に包まれるかもね。他にもあるかしら？」

「痩せたら彼氏もできるのかなーとかはちょっと思います」

「ほんと？　痩せている人にはみんなパートナーがいるかというとそうではないわよね。太っている人にだって、パートナーはいるし」

たしかにそうだ。痩せて彼氏ができる保証なんてどこにもない。

「奈緒さんのおっしゃる通り、痩せたら多少の自信はできるかもしれないわ。でも、それは自信を少し得ただけで、**奈緒さんの中身は何も変わっていないのよ。**

もちろん、自信が後押ししてくれるおかげで、男性との出会いがあった時に、今の奈緒さんでは躊躇してしまうようなシチュエーションでも、大胆にふるまえるようになるかもしれない。それによって、恋愛がうまくいく確率が上がることもあるかもしれない。でも、痩せたら彼氏ができるわけではないと思うので、そこは切り離して考えましょ。

それから、彼氏ができたら幸せって考えも、見直したほうがいいかもね。彼氏ができたら幸せなんだって思うと、彼氏がいないと幸せを感じられなくなるでしょ。**彼氏がいてもいなくても、奈緒さんは幸せなの。**それに気づけるようになったら、一人でも幸せ、二人でも幸せなんだからいつでも幸せよ。**幸せにあんまり条件をつけすぎると、条件を満たさないと幸せって思えなくなるわ。**でも、体型への自信のなさが理由で、幸せに気づけないんだったら、まずは体型を改善してみるのもいいかもね。

奈緒さんは彼氏が欲しいの？　そういえばカルテにもそんなことを書いていたっけ」

「欲しいですね。前の彼氏と別れて半年くらいたつんですけど、恋人がいないと毎日に潤いがない気がして」

そう言いながら奈緒は、前に付き合っていたトオルを思い出した。大学の同窓会で出会って、その日に意気投合して、数か月付き合った。けれど、お互いになんとなく相手がいなかったから付き合っただけで、何度かデートを重ねたら盛り下がってしまって、自然に会わなくなった。いわゆる自然消滅ってやつだ。トオルとの、恋に恋するような恋愛は卒業して、次にする恋は、もう少し相手と深く関わりたい。恋愛を通してお互いを切磋琢磨《せっさたくま》する関係を築けたらいい。

「恋愛は相手ありきなので、まず恋をしないとダメよね。それはまた、別の問題なのでおいおい考えましょう。痩せることに関しては、奈緒さんと同じようにダイエットしたから人生がうまくいくって、考える人はすごく多いの。でも、さっきも言ったようにダイエットをしたところで、外見は変わっても、中身は前のままの自分なのよ。ダイエットの過程で、痩せているだけでは幸せにはなれないって気づくことに、私はダイエットの意義があると思う。

奈緒さんは、**『自信』をダイエットを通して得たいと考える気持ちが、**たぶん強いのよね。だから、奈緒さんがダイエットをしたいなら、もちろん私は応援するわ。ただ、痩せることと、何かがうまくいくことは、切り離して考えましょ。それは奈緒さんの願望や思い込みであって、保証されていることではないから。ダイエットで変わるのは『体重』だけ。他に変わるものがあるとしたら、それは奈緒さん次第なの」

なるほど。私は、自信がないことを、物事がうまくいかないことのせいにしているし、さらには、自信がないことを、見た目のせいにしている。**悩みが全部つながっているから、大きく見えているのかもしれない。**

「たしかに私、彼氏ができないのは見た目がさえないせいだって、ついつい他の原因から目をそらしていました。

痩せて綺麗《きれい》になったら、彼氏なんてすぐできるって思ってましたけど、考えてみれば、私も体重で誰かを嫌いになったことなんてないし、この体型でも彼氏がいたことはありました。それに、彼氏ができたら幸せとか、そういう考え方も、どこか他人任せだったなって、今気づいてちょっと、反省しています。

自分で幸せに気づける力……そうですよね。それがあれば、きっとこうなったら幸せ、ああなったら幸せとかっていう、**幸せの条件との追いかけっこ**をしなくても、その場その場で幸せになれると思うんです。そうなったら、すごく嬉しいな。幸せの達人って感じで」

「奈緒さんならなれるわよ。確かに、私たちっていつも、条件との追いかけっこをしてるのかもしれない。痩せたら幸せとか、お金があったら幸せとか。でも痩せることやお金があることって本質的なことじゃないから、このカウンセリングは、悩みの解決策を考えた上で、**自分にとっての幸せのゆるぎない基準を自分でみつけていくこと**が、目的なのよ」

幸せを追い求める自分ではなくて、幸せに気づける自分になる。そうなれば、一時的な悩みの解決ではなく、ヒカリさんが言っていたように**悩みがあっても幸せな状態**を奈緒にもたらしてくれるだろう。

「ところでヒカリさんってスタイルがめちゃくちゃ良いんですけど、何か特別なことかってしていますか？　もちろん、元が違うのはわかってるんですけど……」

モデルもされていますよね、と聞きたかったけれど、ふみとどまった。きっと、タイミングは他にあると思ったのだ。まだ初回のカウンセリングなわけだし、急いで聞くこともない。

「もともとは、すごく太りやすいのよ。若い時から何度も体重の増減を経験して、少しずつ勉強して、自分の体との折り合いのつけ方を学んできたから確かに今は、体型の維持の仕方は身についているかも。でも、本当に多くの失敗をしたわ。それに、私も、いろんなスペシャリストのところに通ったの。スポーツジムやエステサロンや、整体なんかも。美容本もくまなく読んで、いいと思ったことは、こまめに自分の生活に取り入れるようにしたわ。

ここはスポーツジムではないから、私は具体的に痩せる方法は教えられないけれど、メンタルジムのカウンセラーとしてではなく、個人的な考えでいうと、自分の体をよく知って、その上で無理なく続けられる、痩せやすい習慣を取り入れていけばいいと思うの。私も何度もリバウンドしたおかげで、ダイエットって一瞬のことじゃなくて、一生つきまとうことを嫌というほど噛《か》みしめたから。

一週間でぐっと痩せて、すぐに戻ってしまうようなダイエットではなく、何か痩せる習慣を一つ、自分の人生に組み込んで、それを一生続けていくのが本当のダイエットだと思うの。自分の体との付き合いは一生だから。だって、食べたいものを全部一生我慢するなんて、そんな人生つまらないもの。

そしてここからが、奈緒さんに特に強く伝えたいことだけど、ほとんどの人って、どうすれば太るか、どうすれば痩せるかって、教わらなくてもわかっているのよ。ご飯を減らしたり、運動をしたりすれば痩せるってことは誰でも知ってるでしょ。もちろん、本当はご飯を減らすよりも栄養バランスを整えたほうがいいんだけど、理論的には摂取カロリーを減らせば体重は減るわよね。そんな単純なことがなぜみんなできないか、わかる？

理由はすごくシンプルで、**『自分で、それをやらないことを選んでいる』**からなの。ついカロリーの高いものを頼んでしまったり、スポーツジムに行く代わりに、テレビを見てしまったり。その繰り返しが今の自分の体型なのよ。毎回毎回、『痩せる食事より、カロリーが高くて美味《おい》しいものを選ぶ』『ジムで汗をかくよりテレビを見る』という一瞬の快楽を選択し続けている結果が、今の体型に自分を導いているの。

私はそのこと自体は悪いことだとは全然思わないわ。美味しくご飯を食べることや、テレビを見てリラックスするっていう人間的な時間は人生に必要だと、私は思うから。ただ、美味しくご飯を食べながら、運動もしないで、痩せることなんて人間だったらできるはずがないの。**何も変えなかったら、変わらないのが人生**なのよ。

体の仕組みはみんな一緒だしね。今より痩せたいなら、ちょっとした我慢や選択の変更が必要なのよ。まずはそこから思考回路を鍛えて、『痩せるクセ』を自分につけていくと、体型改善ができるかも」

何も変えなかったら、変わらないのが人生、というフレーズが、心に突き刺さった。

確かに私ってば、矛盾している。痩せたければ食べなきゃいいのに、好きなものを好きなだけ食べながら痩せたいなんて言っているから、願いが叶《かな》わないだけなんだ。

「自信が欲しい」って言っていれば自信が手に入るわけではないし、「痩せたい」と言うだけで、痩せるわけじゃない。自信を得るためにも痩せるためにも、**一番はまず自分と向き合うこと**なのに、それを避けてきていた。

勉強しないと東大に受からないのと同じで、好きなだけ好きなものを食べながら痩せたいなんて、とんでもない矛盾だ。

いや、本当はそんなこと、ヒカリさんに言われなくてもずっとわかっていたのかもしれない。でも、気づいたら自分が努力しなくちゃいけないから、それが嫌で気づかないフリをしていたのだ。

ずっと「痩せたい」と思い続けながら数年過ごしている原因は、全部自分にあった。

痩せたいと口癖のように言っているだけではなく、痩せるための行動を考えることが、今の自分に必要なことだろう。

ヒカリさんは、さらに続ける。

「数キロ痩せたり太ったりしても、意外にみんな気づかないのよね。もっというと、他人からしたらどうでもいいことだと思うの。友達が一キロ太っても、一キロ痩せても、友達には変わりないでしょ？　一回好きになってしまったらその人の体重なんてどうでもよくなるもの。

もし痩せたいなら誰かのためではなく、自分のために痩せるんだってことと、それは自分自身の選択だってことを自覚して。奈緒さんに何より必要なのは自分との会話。奈緒さんは今のままで素敵だから、その素敵さを自分で認めてあげた上で、さらにそれを磨くためにはどうしたらいいかを、他の誰でもなく、自分と相談するの。**他人にどう思われるかなんていう他人の評価ではなく、自分がどう思うかの自分の評価軸を決めなくちゃダメ。**

ダイエットを始める人は、ダイエットさえすれば、世界は変わると思っているわ。うまくいかないことを、体型のせいにしたら楽だもの。でも、ダイエットに成功したくらいでは、世界は変わらないの。『痩せたね』と誰かから言われたところで、相手からの褒め言葉はそれ以上出てこない。それに、相手の根本的な態度もそこまで変わらないわよ。

逆に言うと、痩せなくても態度と考え方を変えたら人生は変わるわ。ダイエットだけじゃなくて、なんにでも言えることよ。お金を少し稼いだところで、あるいは、少し偉くなった程度では、人生がガラッと変わるわけがない。前より少し痩せた自分や、前より少し稼ぐ自分がいるだけ。

自分にとっての夢や目標が、みんなの夢や目標というわけではないし、夢が叶ったからといって人生があがりというわけでもない。それに気づかないと、ずうっと、幸せの幻想を追い続けるだけの人生になっちゃう。

たとえ痩せても、体型を保つ努力は永遠よ。人生でたった一回痩せられたらいいのではなくて、その痩せた状態を保つのが、幸せな毎日を送るために必要なことだと思うなら、それを選択した自覚も持たなきゃね。

奈緒さんが、人生が変わったと思えるなら、人生はちゃんと変わると思う」

自分で自分の人生が変わったと決める……。そんなことってできるんだろうか。このジムには、人生を変えるためにきているというのに、入会を決めたキーワードであった「人生を変える」という言葉の意味が、もはや自分でもよくわからなくなってきていた。そもそも、何をどう変えたいんだろうという、根っこの疑問に何度も何度もぶつかるだけだ。

痩せて人生を変えたければ、スポーツジムに行くか、エステに行って、体重を落とすことだけに集中すればいい。だけど、私はそっちを選ばずに、心を鍛えるために、今この場所にいるのだ。

私が変えたいのは一体なんなんだろう。本当に、痩せさえすれば、人生はちょっとは良くなるんだろうか。痩せたところで、今度はもっと痩せたいとか、顔を変えたいとか、欲望が別のところにいくんじゃないだろうか。

そもそも痩せたい気持ちの裏にあるのはなんなんだろう。ヒカリさんの言う通り「痩せたい」という気持ちが他のコンプレックスや、もっと大きい問題の隠れ蓑《みの》になっていないだろうか……。考えれば考えるほど、わからなくなる。でも、わからないなりに考えることが、自分と会話することなのかもしれない。

「お茶、いれ直すわね」

ヒカリさんが一度席をたって、冷たくなったグレープフルーツティーをいれ直してくれた。

「奈緒さんは、痩せたいって思っている気持ちに対して、今までどう付き合ってきたの？　何か痩せるための行動していたことはある？」

振り返ってみると、特にはない。この数年間、痩せたいと思いながらも、「もっと痩せやすい体質だったらいいのに」とか、「雑誌で見るモデルさんは生まれつきスタイルに恵まれていて不公平だ」とか、ぼーっと憧れるだけで、痩せる努力なんて微塵《みじん》もしていなかった。もっと昔、高校生の時には、見よう見まねでグレープフルーツだけを食べたり、炭水化物を抜いたりして、一瞬痩せて、また戻ったりしたこともあったけれど、イライラするのがわかっていたから、最近は「ダイエットより仕事」と思っていたかもしれない。いや、それも言いわけだろうか。

雑誌のダイエット特集は、興味を持って買って読むことはあっても読みっぱなし。それどころか、必死に痩せる努力をしている読者モニターの人に対して、意地悪な気持ちを持つこともあった。その意地悪な気持ちは、**自分ができない努力をしている彼女たちを、羨《うらや》む気持ち**だったのかもしれない。**羨ましいという気持ちが自分では受け入れられなくて、それを憎しみに変えることで、自分の心に折り合いをつけたかった**のだと思う。

ヒカリさんに質問されるまでは、そのことに少しも気づいていなかった。「人生を変えたい」なんて言いながら、不幸せにしがみついていたのは自分だったのだ。

「私、痩せたい痩せたいって思いながらも、スポーツジムやエステの入会資料がポストに入っていても、高いよな、とか行く時間がないよな、って他人事《ひとごと》のように思っていました。

でも、高いとか時間がないとかも、結局は言い訳ですよね。私、たぶん、スポーツジムやエステが安くても時間があっても、行ってなかったんだと思います。本気だったら、安いところ探したり、時間も頑張って作ったんだと思うし。

そして、これを食べたら太るだろうなっていう、深夜の外食や、高カロリーのランチも平気で食べていました。運動不足だって自覚はあるのに、対策は何もしていません。コンビニでお惣菜《そうざい》買って、深夜に好きなもの食べながらお酒飲むのが、最高のストレス解消だって思っていました。ダイエットの知識がなくてもそんな、深夜に偏った食生活していたら、太るってこと、わかりますね。私、今まで逃げてました……」

最後のほうは、少し声が小さくなった。情けない自分をヒカリさんの前で丸出しにするのが恥ずかしかったのだ。

「奈緒さんは、もしかしたら痩せたくないのかもしれないわよ」

「え、どうしてですか」

「だって本気で痩せたかったら、スポーツジムやエステに行くじゃない。奈緒さんなら、それくらいのお金はあるはず。それから、ご飯だって気を付けるはず。それを今までやってこなかったということは、痩せるよりも、ジムに行かないで、好きなものを食べていたほうが、奈緒さんが幸せだったからよ。スポーツジムやエステの時間やお金とその他のことにかける時間とお金を天秤《てんびん》にかけたら、痩せるためのこと以外のほうが楽しかったんだと思うわ。美味しいものを食べるって幸せよね。今までのそういう幸せを失っても、痩せるという幸せを取りたい？　奈緒さんにとってはどっちの優先順位が高い？」

「深夜にご飯を食べたりとか、友達とご飯に行く時にカロリーを気にしなかったりするのは、ついつい誘惑に負けちゃうというか……たぶん意志が弱いんです。このお菓子食べちゃダメ、って頭でわかっていても、食べてしまったりするし。あんまり我慢できない性格で。でも、痩せたいって気持ちはあるんです」

「それって、毎日、美味しいものを食べるたびに、罪悪感を持つってこと？」

「そうですね。これを食べたら太るって考えながら、つい食べちゃいます」

「となると、奈緒さんは食べる前に、太りそう、って思いながら食べて、食べながら太っちゃう太っちゃうと心配して、さらに、食べた後は、食べちゃったどうしようっていう後悔にさいなまれるのよね。それって、もう太るぞ太るぞって自分に暗示をかけてしまっていないかしら」

「暗示がかかるっていうのは大げさだと思います」

「ううん、人間の思い込みの力ってすごいから。それよりなにより、そんなふうに思うクセがついていて、幸せ？　奈緒さんは、楽しむために美味しいものを食べているはずなのに、自分で自分の楽しみを殺しているのよ。これってすごくもったいないわ。本当なら、美味しいものを食べたら幸せに感じるべきでしょう？　人生の楽しい時間を、勝手につらい時間にしていたらもったいないわよ。これから、もっと楽に生きられるように、幸せになる思考回路づくりをしましょう」

「幸せになる思考回路づくり、ですか？」

「そう。奈緒さんの思い込みを少し矯正していきましょう。毎晩、何時間くらい寝てる？」

「仕事が忙しい時は、五時間くらいです。十二時くらいまでお仕事をして、お風呂《ふろ》に入ったりメイクを落として、一時から六時くらいまで。寝られる時はもっと。七時間、八時間寝る時もあります」

「五時間はちょっと少ないわね……もう少し寝られるように生活を整えないと。七時間が平均として、奈緒さんは、もしも一〇時間寝てしまったら、どう思う？」

「あ、一〇時間も寝ちゃった、どうしよう、って思います。『やっちゃったー』って思いますね」

「どうして？」

「一〇時間も寝たら起きている時間が短くなっちゃうからです。やらなきゃいけないことができなくなりますから。掃除とか洗濯とか」

「でも、体にとってたっぷり寝るのはいいことよね。もし奈緒さんが、自然に一〇時間寝たとしたら、その日の奈緒さんには、一〇時間の睡眠が必要だったってことよ。私の友人は、寝るのが大好きなんだけど、たくさん寝た日は『今日はこんなに寝られちゃった、ラッキー』って思うそうよ。でも奈緒さんは『こんなに寝ちゃった、どうしよう』になるのよね。起きたことは同じなのに、こんなにも受け取り方が違うってすごいでしょう？　奈緒さんは、自分のことを責める責めグセがついているかもしれないわ。でも、どうせ、起きた事実が一緒なら、それはそうあるべきだったと考えたほうがいいの。後悔ばかりしないで、淡々と、その瞬間瞬間を楽しんだらいいのよ」

奈緒さんの一番の目的は楽しく幸せに暮らすことよ。痩せるっていうのもその目的のための手段の一つでしょ。

ポジティブに捉《とら》えられないまでも、事実を事実としてまずは感情を排除して、ただ受け取るように意識してみて。あ、一〇時間寝たな、とかケーキ食べたな、とか。事実は変えられないけれど、意味付けは、自分で変えられるわ」

そうか。私は、自分で自分を不幸せにしていたんだ。幸せになる覚悟がないから、起きてしまういろいろなことに常にネガティブな意味付けをするクセがついていたんだ。そして責めていることで、自分を安心させていたのかもしれない。何より怖いのは、**「自分で自分を不幸せにしている」というクセに気が付かなかったこと**かもしれない。

「ヒカリさんの言うこと、なんとなくわかりました」

「良かった。じゃあ、さっきの痩せることについての話に戻りましょう。奈緒さんは、社会人になってから運動不足といっているけれど、それはどうしてそう思うの？　運動をしようとはなぜ思わないのかしら？」

「時間がないからです」

これは嘘偽りのない事実だった。家に帰って、日付が変わる頃にコンビニ弁当をお酒で流し込んで眠る日々。食べることはストレス解消を兼ねているからますます悪循環だ。

「そうね。奈緒さんのお仕事、まだ詳しく聞いてないけど、すごく忙しそう。でもそんな忙しい中、このジムには時間をつくって来てくれているわよね。奈緒さんは、もう心の中ではわかっているはず。**時間なんて、余分にないって**。いつか勝手にできるものじゃなくて、無理やりつくるか、ないない、って思ったままいるかのどちらかだって。みんな同じ二四時間の中で生きていて、時間があると思っている人はあるし、ないと思っている人はないのよ。**必要な時間は、つくるしかないの。**その時間をつくるために、お金を払って、自分を行かなくちゃいけない状況にするのも、ひとつの方法だと思うわ。実際、奈緒さんが今この瞬間、『時間がないにも拘らず、人生について考える時間を持ってる』のは、お金を払って元を取ろうって思ってくれているから。これも優先順位をつけるしかないのよね。

でも、一歩前進したんじゃないかしら。奈緒さんは、今まで、痩せるための行動を何一つしてこなかったけど、痩せたいと思っていた。**目標はあるのに、全然それに向かって進めていなかったから、**苦しかったんだと思うのよ。少しもやもやはほぐれた？」

「んー、わからないです。ほぐれたといえばほぐれたし、ほぐれなかったといえばほぐれなかったというか……。だって痩せたいのに痩せられていないっていう現状は原因と結果がわかった今も変わってないですもん。これから痩せる努力をしなきゃいけないのは、気が重いです」

「大丈夫。痩せる方法はこれからゆっくり考えたらいいわ。気が重くない方法を研究すればいいんだから。いいスポーツジムやエステも知っているから良かったらご紹介するわ。痩せなかったら死ぬってわけでもないんだから、できることから始めたらいいのよ。

これも、選択なの。気が重くてもダイエットして痩せた自分になるか、気が重いからダイエットしないで、今のままの自分でいるか。

一回一回、自分の心に問いかけてみて。どっちの自分が幸せ？　って。今、私と奈緒さんがやったみたいに。自分の心に聞くだけでいいの。思い込みを捨てて、シンプルに、自分に聞いてみて。**気持ちや行動の裏にはなぜそうしたかという理由が必ずあるわ。**それを、なぜ？　なぜ？　って何度も何度も自分に問い直すの。これからは、頭じゃなくて、心にもっと注目してあげて。**自分のことを知らない人って、自分と会話してないことが多いの。**話してないから、わからないし、知らないの。だから、このジムは毎回、心と話す時間を取ってるの」

まだ痩せる自信はないけれど、自分にできそうな運動や食事の工夫はこれからゆっくり調べよう。それから、たくさん食べてしまった時は、「人生の楽しみ」を体型の改善よりも優先させてしまったけれど、いい時間を過ごしたと思えば後悔をしなくてもいい。

まだ何も行動には移していないけれど、ほんのちょっと前に進めた気がする。こうやってちょっとずつ自分を変えていくことが、人生を変えていくことなのだろう。

「奈緒さん、完璧《かんぺき》な人なんていないからね。人間だから、食べすぎたり飲みすぎたりしちゃうこともあれば、それが体型に出るのも当たり前なのよ。大事なのは、そんなささいなことで人間失格だなんて思わずに、そんな自分も受け止めることなの。そうやって、自分にオッケーを出すことを覚えれば、人にも優しくなれるから。私たちカウンセラーも、誰しも完璧な人間ではなく、自分にオッケーを出す人間だから、人にもオッケーを出せるのよ。

今日のカウンセリングはここまでにしましょうか。お茶も飲み終わったみたいだし」

「わ、もう二時間もたっていたんですね。話に夢中で時計も見ていなかったけど、こんなに長い時間、集中して話していたなんて信じられない」

「ここは時間が気にならないように、あえて時計はおいていないの。今日は、奈緒さんの中で考えがまとまったように見えるからこの辺で終えるのがきりがいいかもね」

「まとまってはいないんですけど、何か摑《つか》みかけた気がしています。もう少し寝かせたらまとまるかもしれません」

お茶のお礼を言って、ジムを出る時「あ、奈緒さん」とヒカリさんに呼び止められた。

「はい」

「あのね、さっき奈緒さんは、自分のことを意志が弱いって言ってたわ。でも、そんなことは絶対にないから。**意志の弱い人間なんていない。自分は意志が弱いと思っている人と、強いと信じている人の二種類がいるだけ。**自分がそう信じれば変えられるわ。奈緒さんの意志は強いと私は思ってる。覚えておいてね。では、いい夜を。おやすみなさい」

扉はゆっくりと目の前でしまった。ヒカリさんの柔らかい香りだけが奈緒の周りに残っていた。

翌朝は自分でも信じられないくらい、目覚めが良かった。

毎週土曜日の朝は、体が重くて、生きているような生きていないような感覚で起きるのに。

よく考えると、昨日は金曜日なのに飲みに行かなかった。そのおかげかもしれない。飲み会はさみしい時間を埋めてくれるけれど、夜遅くまで飲み食いしていれば、当然体はむくむ。帰ってきてお風呂に入らずそのまま寝ることもあるから、髪や洋服に誰かが吸ったタバコのにおいがついていて、スッキリしない。それがここ最近、普通になっていた。仕事で体が疲れているんだと思っていたけど、単に暴飲暴食の結果だったみたいだ。

スッキリしている頭で、ダイエットについても改めて考えてみた。なんで太るのか。どうして痩せたいのか。それを突き詰めて考えていくと、奈緒は**「自分の決めたことも守れない自分」**が嫌なのだと思った。その象徴がこの体なのだ。少しお菓子を減らそうとか、運動をしようとか、いつも思うだけで実行には移してこなかった。だから自分の体が、決めたことも満足にできないだらしない人の象徴のようで嫌だったのだ。

太る理由自体は、単純に、デスクワークが多くて消費カロリーが少ないことだろう。だから、オフィスでもできる運動を調べて、毎日に取り入れることにした。それから、ちょっとしたつまみ食いをしがちなので、それをやめることと、どうしても食べたい時は、チョコレートやクッキーなどの甘いものではなく、新鮮なフルーツや野菜にすることにした。いきなりランニングやスポーツジム通いを始めても、自分の性格では続かないのはわかっている。ヒカリさんの言っていた通りに、日常に取り入れられることだけをまずは実行に移してみよう。**変化は少しずつでいい**のだ。自分の体とは一生つきあっていくのだから。焦ることはない。

ゆったりと心の余裕を持って少しずつ痩せていって、自分の心の幸せなポイントを探ればいいだろう。あまりにも痩せなかったら、その時はまた別の方法を考えればいい。それに、痩せなくちゃ幸せじゃないと自分を責めないことが何よりも大事なのだ。こうなりたい、という理想を、こうしなくてはダメだという強制にしてしまうと、息苦しくなってしまう。

痩せるためにこれを食べちゃダメ、これもダメ、とダメを増やすのではなく、体にいいほうを選んだり、心に一回聞く、という基準をこれからは意識してみよう。

もっともっと、自分のことを知りたい。そのために、もっともっとヒカリさんと話したい。

2　仕事のやりがい

お腹にちょうどよい重量感があって、幸せだった。この日、奈緒がランチに選んだのはサーモンの定食。野菜の小鉢をたくさんつけたおかげで、食事の見た目も鮮やかになった。小鉢をつけるとランチ代が数百円高くなってしまうので、避けていたけれど、野菜を摂《と》るほうが体にいいし、「頭よりも心」で選んだ結果、そうなった。プラス五十円で白米を雑穀米に変えたので、意識してよく噛《か》んでもみた。そうすると、少しでも早くオフィスに帰ろうとせわしなかった心も落ち着いた。**目の前のことに意識をちゃんと向けると心は落ち着く**のだ、と気づく。

いつもと同じようにスマホを見ながらのランチタイムだったけれど、満足感は大きい。

今日も、新しい記事の配信日なので、普段なら外にランチに出る余裕などないのだけれど、先日休んだ時に、奈緒の記事チェック抜きで、優子のチェックだけでも、記事の配信には問題がないことがわかったので、今日から実験的に、優子に配信記事のチェックを半分任せることにした。仕事が増えると、不満に思われるかもしれないという奈緒の心配は杞憂《きゆう》で、優子に今後の方針を伝えたら、嬉《うれ》しそうだった。そして、「実は、私もそのほうがいいなって思って、奈緒さんにそう言おうかどうか迷っていたんです」と打ち明けられた。奈緒はこれまで自分が全ての責任を負わなくてはと躍起になっていたところがあるかもしれない、と反省した。

あの日、思い切って休んだおかげで、こんなことにも気づけたと奈緒はひとりごちた。

少し負担が減ったおかげで、時間にも気持ちにも余裕が生まれ、退社する時に、奈緒は清々《すがすが》しさを感じた。

まだ残っている優子に向かって「今日はお先に失礼するね」と言いながら、この言葉を、久しぶりに口にすることに気づいた。これまでは、いつも部署で最後のほうの居残りメンバーで、先に帰ったメンバーを恨めしく思いながら仕事をしていたのだ。

でも、自分のペースで仕事を切り上げて、こんなふうに帰れると逆に、まだ残ってくれている周りのメンバーへの感謝も湧く。

優子は、一瞬顔を上げて「お疲れ様です」と笑ってくれ、その笑顔にはっとさせられた。奈緒はこんなふうに仕事の手をとめて、笑えたことがあっただろうか。やっぱり、余裕のない自分は見苦しい。もっともっと、時間にも心にも余裕が欲しい。こういう気づきは、ちゃんとこの間ジムでもらったノートに書いて、自分の糧としていこう。

電車で数駅移動し、予約の時間に到着すると、ヒカリさんは、前回と全く変わらない服装と態度で、まるでずっとそこにいたみたいに、ジムにいた。

「こんにちは」

「こんにちは。今日もよろしくお願いします」

「こちらこそ。今日は何を飲む？　ラベンダーティー、マンゴーティー、ライチティー、それから台湾《たいわん》のちょっといい烏龍《ウーロン》茶もあるわ」

ヒカリさんはどうやらお茶にこだわりがあるらしい。

「えーっと、じゃあ、その、ちょっといい烏龍茶でお願いします」

「わかったわ、ちょっと待っててね」

数分後、ヒカリさんは自分の分も合わせて二杯の烏龍茶とノートを持って来てくれた。

「こちらは前回、奈緒さんが書いたノートよ。前回は体型の悩みについて一緒に考えたけれど、二つめに奈緒さんが書いたのは、仕事のやりがいが欲しいということだったわね。自分にしかできない仕事がしたい、と。今日はこれについて一緒に考えてみましょうか。それとも、他に今考えたいことってありますか？　別にカルテ通りに進まなくてもいいの」

「ちょうど仕事帰りですし、仕事についての話をしたいです」

「奈緒さんは今、どんな仕事をしているの？」

「IT会社で、自社運営メディアの編集長をしています」

「ITかぁ。私は、ネット関係はすごく疎いのだけど、それはウェブサイトを運営しているということよね？」

「そうです。三〇代OL向けのサイトを編集しています。雑誌感覚で読めるっていうのがウリの、グルメとか芸能情報とか、いろいろ載っている総合情報サイトです」

「そう。IT業界って忙しそうね」

「そうですね。どこで何をしていようと、ずっと仕事が追いかけてくる感じはします」

「でも、それだけ忙しくお仕事できるっていうことは、お仕事が好きなんでしょうね」

「好きというよりは……責任感です。お給料をもらっているし、仕事相手もいるので、自分の責任を果たすためにやっているんだと思うんです」

あんまり、好きだとは考えたことがなかった。そして、自分が責任感から仕事をしている、と思っていることは、自分の口からその言葉が出てみて初めて気が付いた。

「その責任感って、どうやって身についたんでしょうね。だって、お給料だけもらって、仕事は適当に手を抜いたとしても、今の日本の会社だとクビにはなりませんよ」

「クビにはならないですけど、いや、今の不景気な状態だとクビになるかもしれませんけど、まあ普通に邪魔者になりますよね。職場のみんなにも嫌われるだろうし。それに、そういう不誠実なことはできません。周りのみんなを困らせちゃいます」

「奈緒さんがしっかり仕事をしないと、困る人が出てくるのね。**だったら、それは奈緒さんにしかできない仕事**だと思うけど、そういう風にはあまり思えない？」

「そうですね……。毎日やっていることが同じなんです。変化がないから楽しくなくて。好きだなんてとても言えません。同じことの繰り返しに、嫌気がさすこともあります。サイトをチェックして、不具合があったら直して、アクセス数をチェックして、次に出す記事の編集会議をして、取材に行ったり、記事を書いたり、他のライターさんの書いた記事のチェックをしたり……。もちろん、取材では面白い話が聞けることもあるし、たくさんの人にも会えて、人生経験としてはとても良いと思っているんです。でも、別に私が突然いなくなっても、誰かが代わりにできるような仕事だとは思います。編集長が私である意味は特にない気がします」

「それなら逆に聞いてみたいのだけど、奈緒さんが考える、誰にも取って代われない職業ってなにかしら？」

「なんでしょうね……でもたとえば、女優さんとかって、その人にしかできない役をやっている気がして、代わりが利かないお仕事だと思います」

「そんなこともないわよ。もちろん、人気の女優さんを使いたくて、その人に合わせた企画を準備することもあるだろうけど、その人じゃなきゃ絶対にいけないなんてことは、あんまりないと思うけどね」

「……そうなんですか？」

「**その人である理由を自分で作ることができれば、どんな仕事もその人のものになるの。**

奈緒さんの仕事も周りから見たら一緒よ。奈緒さんの仕事を自分にしかできないものにするか、他の人に取って代われるものにするか、決めるのは奈緒さんよ。まず奈緒さん自身が、その仕事は自分にしかできないって信じてみて」

確かに、誰かに仕事を選んでもらったわけじゃない。行きたかった企業に就活で落ちたことなんて、もう何年も前のことなのにいまだにひきずっていて「私はここにいるはずじゃないんだ」と自分に言い聞かせていた。**自分の居場所を愛せないことで苦**

しむのは自分なのに。

奈緒は言葉が見つからずに、数秒、黙り込んでしまった。

考えが深まるにつれて、なんて甘えたことを言っていたんだろう、と恥ずかしくなる。自分の仕事を「誰でもいい仕事」にしているのは自分だったんだ。体型のことと同じように、仕事からも私は逃げていたんだ。こんなの誰にだってできる、というのは自分が本気でないことへの言い訳だった。他に自分だけができる何かを見つけているわけでもないのに。だから、逆に仕事が常に目の前にある状態にすることで、不安を打ち消そうとして、人へ仕事を割り振ることが怖かったのかもしれない。優子の顔がふと思い浮かんだ。

「ヒカリさんってもとからこんな風に何にでも答えを持っているんですか？　私みたいに悩むことってないんですか？」

「私もメンタルコーチの師匠について、考え方を矯正したの。もとからあるものじゃなくて、あとから身につけたからこそ、こうやって誰かに教えられる立場になったのよ。だって、悩んでる人ってそっくりそのまま昔の私なんだもん。小さい頃から、大人にまじって仕事をしていて、自分ってなんだろう、仕事ってなんだろう、と考えることは多かったかもしれない。昔はなんでも難しく考えてしまう自分が嫌だったけど、そうやって考え続けたことによって今があるから、感謝してるわ」

ヒカリさんが、自分から幼少期と仕事について話してくれたので、今なら、ヒカリさんに仕事のことを聞いてみてもいいのかもしれないと思った。この話題は、どうやらタブーではなさそうだ。むしろこのチャンスを逃したら、もう聞けないと思ったので思い切って言う。

「あの、これ、いつ聞こうか悩んでたんですけど……ヒカリさんってモデルの中条ヒカリさんですよね？　よく雑誌とかも出てますよね？　実は初めてここに入った時からずっと思っていたんですけど、聞いたら悪いかなとか、ここで働くことは秘密なのかな、とかいろいろ考えたら聞けなくて。変なタイミングでこんなこと聞いちゃってごめんなさい。

初めてここに来た日に、お名前が頭に浮かんだから、家に帰って検索したんです。そしたらやっぱり、間違いないって思って」

ヒカリさんは案外すんなり答えてくれた。

「あ、隠すつもりはなかったの。でも、聞かれもしないのに、わざわざ私から、『モデルやってるんです』っていうのもおかしいなと思って言わなかったのよ。知ってくださっていて、ありがとう。それから、変な気を遣わせてしまってごめんなさい。

中条ヒカリは芸名で、小さい頃からずっとモデルのお仕事はしてるわ。今も現役。このジムは今年から始めて、お仕事の割合で言うと、今はモデル六、ジム四くらいの感じかな。いずれは、五対五くらいにしていこうとは思っているんですけど、ジムはまだまだ始めたばかりで。広告を打たないでクチコミだけでやっているのは、お客さんが多くなってしまっても、私の手が回らなくて、対応できないからなの。

そして、このジムでは、私は中条ヒカリだということは隠してるのよ。今のところ気づいたのは奈緒さんが初めてよ。

私自身は、数名しか担当していないし、ここにいることは、ごく限られた人たちしか知らないの。

こういうジム、ずっとやりたかったのよ。仕事が一段落して準備に着手するのに、思ったよりもだいぶ時間がかかっちゃった。学生の頃から、構想だけはずっとあって、お仕事とか、場所とか、いろんなものの都合がうまく調整できてやっと実現したのよね。

カウンセラーになるための心理学とか会話の修業は、学生の頃から継続的にしていたの。自分がモデルをし続けるために自分自身が、誰かの助けや自分との会話がたくさん必要だったから。せっかく学んだことを誰かの役に立てたいと思ったの。モデルのお仕事は楽しいけれど、もう十分やったし、新しいことにチャレンジしたかったっていうのもあるかも。

そうそう、さっきの話に戻るとね、モデルって、それこそ奈緒さんにとっては『その人にしかできない仕事』に見えるかもしれないけど、そんなことないわよ。風邪をひけば代わりのモデルが出るし、人気がなくなれば、次のモデルが出てくるだけ。年をとったり太ったりすれば、すぐに需要がなくなる厳しい世界。何年もやっていてキャリアが長いからこそ、そう思うの。一緒にデビューした同期のモデルはもう全員事務所を辞めているし、他にも、一緒にお仕事をした人が何人もこの世界を去っていくのを横目で見てきたから」

「でも、ヒカリさんは、今も結構出られてますよね？　ここで働いていることは秘密ですか？」

一度聞いてしまうとタガが外れたように、次から次へと質問が口をついて出てきた。聞きたいことだらけだ。

でもヒカリさんは、口角を上げて柔らかに笑って、「今日は奈緒さんの相談の時間なんだから、私の話で時間を取ったらダメよ。またいずれ」と言った。いずれ、本当に話してくれる時がくるのだろうか。

「気になって仕方ないです。ヒカリさんって、SNSでもほとんどプライベートを明かしてないんですよね。それに、経歴をネットで調べてもあんまり詳しく出てこないんです。私、仕事柄、検索は得意なほうなのに、ヒカリさんに関しては、謎が多くて。海外に何度か留学されているという記事をみつけたんですけど、それも、カウンセリングを勉強するためなんですか？」

「そうね、まあ、それもあるかな。気になることがあるうちは、うちに熱心に通ってくれるかもしれないって考えると、出し惜しみしたくなっちゃうわね。もともと、小さい頃からお仕事をしている中でいろんなことがあって、人を信用できなくなるような経験も何度もしたから、自分じゃない誰かをもっと知るにはどうしたらいいんだろうってことと、誰かに傷つけられない強い自分をつくらなくちゃって思って、カウンセリングを勉強したのよ。

まあ、今日は奈緒さんの時間だから、仕事についてもうちょっと考えてみましょ。奈緒さんにお金を払っていただいているのは、このジムの謎をとくことでも、私のことを知ってもらうためでもなくて、奈緒さんの人生を良くするためなんだから。

ところで、奈緒さんは、さっき女優さんならその人にしかできない役をやっているって言ったわよね。女優とかモデルとかになりたいと思ったことが奈緒さんにもあるのかしら？」

「そりゃ、女の子なら一度は憧《あこが》れますよ。でも私の外見ではとても。背は低いし、デブだし。演技は苦手だから女優なんて絶対なれないけど、背が高くて、カメラの前で素敵なお洋服でバシバシ写真を撮られるモデルさんとか、すっごく羨《うらや》ましいです」

そこまで言ったら、ヒカリさんが目の前でいきなり、雑誌をぱっと開いた。

「奈緒さんって、全然デブじゃないからあんまりデブデブ言わない方がいいわよ。自分に暗示がかかっちゃう。言った言葉は現実になっていくからね。だから私、ショーに出る前は、私はキレイって何回も自分に言い聞かせるようにしてるの。それはそうと、この写真の、ゆったりしたパンツの名前ってわかる？」

「え、わかりません」

「それじゃ、この丈の名称は？」

「え……丈に名前なんてあるんですか？」

「あるのよ。ちなみに正解は、ガウチョパンツに、ミモレ丈ね」

「えー、変な名前。どっちも知らないです」

「これ、お洋服が好きな人なら、どちらもぱっと答えられる問題よ。難しいクイズじゃないわ。好きなら絶対に知っているようなこと。どちらも今年の流行だから、雑誌を読んでいれば、スタイリストさんや、服飾学校の生徒じゃなくても答えられるはずなのよね。でも、今のではっきりしたわ。奈緒さんはそんなにお洋服が好きじゃないのよ」

「たしかにそんなにお洋服にお金をかけてはいないかもしれません……。会社の人とか見ても、お洋服が好きな人って、ブランド名とか、そのシーズンの新作とかにやたら詳しいですよね。私は、仕事でもファッション関係の取材はなるべく、行かないことにしてるんです。私より好きな人がたくさんいるから、その人たちのほうが、いい記事が書けるんじゃないかと思って」

「奈緒さんはどんな記事を担当することが多いのかしら」

「ファッションは苦手ですけど、美容とか、ご飯とか、それからネットの話題とかキャリアとか、誰かへのインタビューものとか……そういうのは結構好きですし、得意です」

「少なくとも奈緒さんはモデル向きではないわね。モデルっていうのはね、自分が大好きか、洋服が大好きじゃないと長くはできないと思うわよ。一日に何度も何度もお洋服を変えて、メイクと髪型を変えて、ひたすら写真に撮られるのが仕事なんだから。

仕事の時間はずーっとお洋服変えてメイク変えて、写真を撮るの。雑誌に出ているモデルさんをぱっと見ると、写真に撮られるだけでお仕事になるなんていいな、って思うかもしれないけど、一枚の写真を撮るのに、何時間もメイクして、何パターンも撮って、選ばれた写真だけが世の中に出るのよ。

私の知っているトップモデルの一人はね、とにかくお洋服が大好きで大好きで、信じられないくらい稼いでいるのに、半分はお洋服に消えていくの。それくらいお洋服が大好きなのよ。彼女、国内外の雑誌を毎月何冊も購読していて、最新のファッショントレンドは常におさえて、買い物や展示会は欠かさず行って、お洋服のことを勉強しているわ。それだけお洋服が好きだから、撮影の時も、自分でスタイリングをしたり、どういうポーズならお洋服がキレイに見えるか、真剣に考える。彼女と仕事をすると、私も、この人はモデルになるために生まれてきた人だな、って背筋がぴっと伸びるの。

もちろん、お洋服が好きじゃなくても、自分がどんな風に変身できるかってことに、すごく興味がある子だったり、生まれた時からお人形さんみたいで、モデルになる以外の道はないでしょってくらい容姿に恵まれた人もいるし、他にも適性はいろいろ。モデルになった経緯も、続けている理由も人それぞれだとは思う。

ただ、私が話している限りでは、奈緒さんはたとえモデルになっていても、それを天職とは考えられなかったと私は思う。向いてないと思うわ」

きっぱりと断言されると、ちょっと悲しかった。

「たしかに、向いてはいないかもしれないですけど……。ヒカリさんは、恵まれた体型だから羨ましいです。まさにモデルになるべくしてなった、って感じで」

「奈緒さんが憧れているのは、モデルのキラキラしたイメージや、体型なんだと思うわ。きっと仕事内容そのものに関しては、あまり考えたことはないんじゃないかしら。なるべくしてなったと言われると嬉しいけど、私だって自分の仕事に迷いがないわけじゃない。

でもこれしか道はないと自分で思うようにはしてるわ。

ただ、やめようと思った瞬間に、今の私の居場所なんて、簡単になくなっちゃうと思う。引退した女優さんとかモデルさんのことって、みんなすぐ忘れちゃうでしょ？一〇年前の連続ドラマに誰が出ていたかとか、『VOGUE』の表紙が誰だったかなんて、普段思い出さないでしょ？

人の記憶とか、人気ってそういうものよ。誰かの注目を得られるのなんて一瞬よ。動き続け、進み続けた人だけが、たまに注目してもらえるというだけ。でも、人から注目されていない間も人生は続くの。

それに、体型だって、モデルの世界にいたら、私の身長は普通なの。確かに背は高めかもしれないけど、海外のショーに出られるほど高いわけではないし、モデルって、一体何人いると思う？　日本だけ見ても、相当な数でしょ。背が高いだけの人なんて、いくらでも周りにいるでしょ？

顔だって、もっとキレイな人はたくさんいて、常にその中で競争してる。私は、海外のショーを見に行った時、個性が内面から爆発しているような、海外のモデルさんに衝撃を受けたし、自分はここでは無理かもしれないって震えたわ。

東京の街中にいたら、私だって、そりゃちょっとは目立つかもしれない。多くの女性よりも背は高いからね。でもモデルの世界ではこれが普通で、その中での戦いになるのよ。顔だって下手に整っているよりは、ちょっと個性的な顔の子のほうが、ウケたりするの。突出したポイントがあるほうが、人の記憶には残りやすいから。私は、そういう意味では人の記憶に残らない顔だって、何度もオーディションで言われたわよ。個性がない、って。顔なんて変えられないから仕方ないけど、他のモデルに嫉妬《しっと》もしたし、自分の遺伝子を恨んだし、それを乗り越えて自分の居場所をみつけるのって大変だった。

口には出さなくても、自分の体型や顔についての不満はたくさんあるのよ。人に憧れられるのが仕事のうちだから、不満を口にしないだけ。**同情と憧れは、同時に得られないの。**

奈緒さんも自分の職場で、ライバルがいたり、越えなきゃいけないことってあるでしょ？　モデルの世界も一緒よ。モデルになれたからといって、次から次に仕事がくるわけでもない。人気が出るわけでもない。みんな必死なのよ。

私は、ここでのカウンセリングと、モデルの仕事しか経験はしていないけど、小さい頃から大勢の人と働いてきた。社会人経験はすごく長いの。だから、努力は一瞬ではなく、し続けなければいけないんだって身に染みて学んだ。**大切なのは、それでも自分がその場所にい続けたいかってことよ。**

それからね、昔に比べたらモデルも寿命が延びたけど、基本的には若ければ若いほどいいとされる世界だから。どんどん、お肌がツルツルで、元気な若いモデルが現れてくるの。それを横目に自分の老いを感じるのって、きついわよ。モデルなんて、外ではちやほやされるかもしれないけど、現場に行ったらただの商品なんだから。

ちやほやされて気持ちいいことはみんなに見えているほんのわずかな「いい部分」よ。自己管理がなってないと、肌荒れやシワはすぐに指摘されて、普段は一緒に仕事している人たちからも『劣化した』とか言われるの。あ、愚痴ってるんじゃないのよ。ただ、事実として聞いてね。『人気が陰ってるから、次の表紙は今勢いのあるこの子を代わりに使いましょう』とかスタッフの人たちが言っているのを聞いちゃった日には、本当につらいわよ。あ、私はチームじゃなくて、商品だったんだな、ってね。

だから、モデルの半分は、モデルをしながら常に次の職業を模索しているわ。私もね、モデルをずっとやり続けたいっていう自分の気持ちに気づくまでは、他のお仕事を逃げ場にしようとしていたわ。そのおかげで、このメンタルジムにも辿《たど》り着くんだけど、まあそれは置いといて。私は、他の場所にいる自分の可能性を考えたからこそ、モデルという仕事の良さも気づけたから、それはそれでよかったと思っているの。

若いうちは、自分の力ではどうにもならない容姿や人気の衰えをプレッシャーに感じて、心の病気になってしまう人もいる。見た目はまだ努力次第で食い止められるけど、人気は、自分がどんなに頑張っても努力とは全く結びつかないの。それこそ運よ。でもそれって、**どこの世界でも同じ**だと思うのよ。いい商品を作り続けていてもなかなか売れないなんて話、よく聞くでしょ？　みんな条件は同じで、その中で戦っているのよね。

まあ、モデル残酷物語をここでどんなに披露したって、実感わかないかもしれないけど、**誰かの表面だけ見て、**いいとか悪いとか憧れたりするのは安易すぎるわ。どんな職業にもいい部分と悪い部分があるんだから、そのどちらも見られる人になって。そうしたら、むやみやたらに人を羨んだりできなくなるから。

見た目だけで恋人を選んでもすぐにダメになっちゃうでしょ？ 恋愛と同じで、仕事の合う・合わないも、相性でしかないの。**誰かにとっての正解が、みんなにとっても正解だってことはない**のよ。

究極的には、自分に運が向かなくても、続けてよかったって自分で納得できる仕事につかなくちゃダメなんだと思うわ。私、つらいことはいろいろあるけど、モデルという仕事が大好きよ。でも、モデルだからって、それにとらわれてやりたいことができないのは嫌だから、この場所も自分の夢を実現するためにつくったの。ここでのお仕事もモデルのお仕事と同じくらい自分にとって必要だと思ってるわ。

奈緒さんは、今の仕事のどんなところが、自分に向いていて、どんなところが嫌だと思う？ 目をそらさないでしっかり考えましょ。サイトの編集長なんて、そのサイトのファンからしたら憧れの職業なんじゃないかしら？」

「憧れの職業かぁ。そんな風に思ったことなかったです。たまたま拾ってもらった会社で、自分の意志とは関係なく、担当するように言われた仕事ですし」

「拾ってもらったのではなく、自分で選んだのよ。数ある選択肢の中から、他でもない奈緒さんが、その仕事をしようって選んだのよ。**選んだもので、人生はつくられる**ってことを忘れないで。自分では、『それしか道がなかった』と思っているものでも、結局全ては、自分で選び取っているの。**そしてそれを運命だと思うかどうかも自分次第よ**」

「ヒカリさんのように考えられたらすごく幸せになれますね。でも、そんな風にはとても思えないんです。今の仕事って、全然全力で取り組めないし」

「それも、**全力を出さないことを奈緒さんが選んでいるからよ**」

「えっ」

「自分にはもっと力があると思っているかもしれないけど、**数年働いて一回も全力を出していないなら、それが奈緒さんの全力**ってこと。自分を過大評価してるのよ」

「ひどい……」

「意地悪で言っているわけではないわ。奈緒さんに嫌われたいわけじゃない。じゃあ聞きたいんだけど、一体奈緒さんにとって全力ってどんなこと？」

「わからないです。わからないのに、よく全力だなんて言えるよな、って自分で今、思いました。毎日朝から晩まで、働いているんです。ご飯を抜くような日もあります。

でも、それでも全力って言えないのは、自分で自分の仕事に誇りをもっていないか、自分の中でまだ甘えがあるからだと思う。こんな仕事なんかに本気なんか出してやるかっていう、へそ曲がりな自分がいます。

……ヒカリさんにとっては全力ってなんですか？」

「仕事に全力を尽くすっていったって、適度に休みが必要な人もいれば、一日中脇目もふらずに仕事をしている人もいる。全力の基準は自分次第。だから、他の人から見て、そうは見えなくても、私はいつも私にとっての全力を出して生きているつもり。本人が胸を張って全力だと言えれば、それは全力になると思うのよね。あれ？　奈緒さんどうしたの？」

いつのまにか、涙が出ていた。自分でも、なんでこんなにいきなり涙が出てくるのか説明がつかない。でも、なんだか今までの、ぼんやりと適当に生きていた人生がバカらしくなったのだ。

いい大人のくせに、人生から逃げて、現実を見ようとしない自分を、どこかに放り出して逃げたい。

「これ、良かったら使ってくださいね」

ヒカリさんが差し出してくれたローズの香りがほのかにするハンカチは、柔らかくてあたたかかった。ヒカリさんは、奈緒が泣きやむまでの間、烏龍茶を注ぎ足してくれた。

「あたたかいものを飲むと、気持ちが落ち着くから」

無言であたたかいカップを受け取る。優しい香りと、舌に広がる熱さが切なかった。

「今日はもうやめておく？　ゆっくり飲んでね」

「ありがとうございます。すみません。泣くつもりは、なかったんですけど」

「感情がこぼれてしまうくらい、奈緒さんの心が動いたってことよね。大人になったら涙なんてあまり出ないんだから、これはすごいことよ。泣くと、心が浄化される気がするわよね。涙活《るいかつ》って言葉があるくらいだから。泣いて、感情を表に出すとスッキリするわよ。最後に泣いたのはいつ？」

「覚えてないです。あ、半年前に、映画を観て泣いたかもしれません」

「じゃ、今出てる涙は半年分の涙かしらね。垢《あか》とか、汗とか、トイレに行くのもそうですけど、基本的に人間って、中にたまっているものを外に出すと、すごく楽になるのよ。だから、涙もじゃんじゃん出しちゃってちょうだい。カラオケで大声出したり、思いっきり女友達と長時間話すのもストレス解消になるでしょ？　それも、声を出したり、気持ちを出したりしてるの」

「そっか……。だんだん気持ちが落ち着いてきました。お仕事のこと、ヒカリさんの話を聞いていたら、確かに、私、いつも気持ちの逃げ道をつくってきた気がしました。やりたい仕事じゃないから、とか、希望してた会社じゃないから、とか。だけど、他にやりたい仕事や行ける会社があるわけじゃない。ありもしない場所を逃げ道にして、目の前の自分の仕事から逃げていたって、今こうやってヒカリさんと話すまで、わかってなかったです。だけど、今与えられている環境でちゃんとできないと、どこにいたって、逃げ道をみつけてしまうって心から思えました」

「本当に？　よかった。奈緒さんが前向きに毎日を送ることの手助けをするのが、私の仕事だからね。そこに到達したのなら今日は、なんだか私もやりきった感じ」


その夜、家に帰って考えた。私の仕事も、誰かにとっては憧れの仕事なのかもしれない。確かに、毎日ずっと笑いながら仕事をしているわけじゃない。やらなくちゃいけないことは常に満載で、テンパっていて、でも、たまに、頑張っていて良かったと思えることがある。読者の方から感想をもらったり、取材した相手に感謝されたり。そんな小さい「ありがとう」に真摯《しんし》に向き合えていなかった自分に気づいた。不機嫌

でいることが当たり前の自分を卒業しなくては。それが、仕事を好きになる一歩になるだろう。

翌日、会社に行って、いつも通り仕事を始める。給湯室で自分のために紅茶をいれていると、吉田が通りかかった。

「お、紅茶いれるとか、優雅だな」

吉田は、人を見ると声をかけるのが自分の仕事だと思っているみたいだ。

適当に吉田をあしらい、席に戻ってパソコンを起動した。いれたての紅茶を一口飲んで自分で自分に暗示をかける。

今日から、私は変わるんだ。

メールの返信も、資料の作成も、ひとつひとつ、**これが自分の仕事なんだという意識**をもってやるのと、メールを返さなくては、資料を作らなくては、という義務感にかられて嫌々やるのとでは、キーボードを叩《たた》くスピードまで変わってくるみたいだ。

新入社員のような気持ちで、淡々と仕事をこなす自分が、清々しく思えた。

3

時間の余裕を作るには？

社内チャットで吉田から、「紅茶にはまってるの？」とメッセージが来た。


「なんで？」

「いや、さっき紅茶いれてたじゃん」

「いれちゃいけない？」


吉田への言葉は自然にとげとげしくなってしまう。


「いや、そうじゃなくて、はまってるのかな、と思ったんだよ」

「無駄話してないで、仕事に戻りなさいよ」

「紅茶の特集でもやるとか？」

「そうじゃない。最近よく会う人が紅茶好きで、感化されたの」

「よく会う人って？」

相手をしていたら終わらなそうだし、作業がブツブツと中断されてしまうので、そこで返信をやめた。会話を挟んだせいで調子が狂ったので、途中まで読んでいたチェック用の記事を最初から読み直すはめになった。

この日も、仕事が思ったよりも早く終わりそうな気配がしたので、昨日の今日だとは思いつつ、また仕事後にカウンセリングの予約を取った。「二時間後、予約取れますか？」とだめもとで連絡をいれたけれど、こんなに急では都合がつかなくても無理はない。

けれど奈緒の予想に反してヒカリさんは、時間の都合をつけてくれた。

「時間↓余裕が欲しい。リフレッシュしたい。休みをとって旅行にも行きたい」

これが奈緒が次にカルテに書いていたことだった。ちょっと前から、時間貧乏性になっている自覚があった。何かをしていても「本当にこれをしていていいんだろうか？」と自問自答してしまうし、やることがなくなるとそわそわしてしまう。そして、人に時間をとられると、ものすごくイライラしてしまう。この間、優子のふるまいを見ていて気づいたけれど、誰かに声をかけたり挨拶《あいさつ》をする時も、相手を見ずに、パソコンのモニターから目をそらさないこともしょっちゅうだ。ここ数日気をつけてはいるけれど、もっと意識して、習慣化していかなくてはと思う。

まだある。打ち合わせのたびに、毎回「この打ち合わせってあんまり意味がないのでは」なんて思ってしまうし、飲み会でもなんとなく、自分だけが輪に入れていない気がする。その場にいるのに、その場に存在はしていない感じ。

物理的に大勢に囲まれているにも拘《かかわ》らず、人恋しく感じてしまうのだ。それならば参加しないほうがいいと思うのだけど、一人で家に帰っても、どうせ寂しい気持ちを抱えるだけだ。

行っても、いつも同じような話の繰り返しだってことがわかっているのに、行かないのも不安になる。

そんなことをヒカリさんにぶちまける。

もうヒカリさんの前でカッコつけようなんて気持ちは微塵《みじん》もなく、前日に泣くのをみられてしまってからは、ここではどんな嫌な自分もさらけ出してしまおうと、開き直ることができた。病院の先生の前で、裸を恥ずかしがっても仕方がないのと同じで、ここでは心を開かないことが、むしろ問題なのだ。他では言えないことも全部出してしまおう。

今日、目の前にあるのはインドのチャイだ。一口飲むと、様々なスパイスの香りが舌の上で柔らかく立ち上がる。

「今日も奈緒さんがカルテに書いてくれていることを、ひとつひとつほぐして、整理して考えていきましょ。まず、時間の余裕がないって思っているみたいだけど……？」

「はい、余裕が全然ないんです。朝起きて、バタバタと用意して、会社に出かけて、夜遅くまで働いて、家に帰ってきたらあとは寝るだけで、毎晩寝る瞬間に、ああ、今日も何もできなかった、このまま私の人生って、余裕がないまま終わっちゃうんじゃないかなっていう不安にかられます」

「何もできなかったんですか？　一日中お仕事してるのに？　**お仕事をしてるんだから、何もしてないことはないんじゃない？**」

「何もしてないっていう表現はおかしいんですけど、どうしても**物足りなさを感じる**んです。仕事だけの生活には虚《むな》しさを感じるんです。たとえば本を読んだり、ゆっくりご飯をつくったり、そういう、自分の人生の糧になるような時間だったり、生活の潤いがあったら、心境も変わる気がするんですけど」

「ご飯をゆっくりつくったり、本を読む時間があったら、奈緒さんの生活には潤いが加わったと言えるのかしら？」

「そう単純にはいかないかもしれないけど、他にもスポーツジムに行ったり、マッサージに行ったり、時間があったらやりたいことがたくさんある気がするのに、全然そういう時間が取れないんです。それが解消されたら、時間への渇望感は薄まるんじゃないかと思ってます」

「ご飯をつくったり、本を読んだりするのにどれくらいの時間が必要だと思う？」

「毎日、二時間……、無理だったら、一時間でも取れれば、だいぶ変わると思います。でも、そんな時間取れないんです。一時間余計にあるなら、寝たいって思っちゃいます」

「じゃ、今の生活の中から、奈緒さんの生活にプラス一、二時間の余裕が出る方法を考えましょうか。で、もしもそれがどうしても無理だったら、それはお仕事だったり、家から会社までの距離だったりを考え直したらいいわ。まず朝起きてから、夜寝るまで、どんなことをしているか、ここのノートに書いてみて」

そう言って、ヒカリさんは、まっ白いノートを一冊手渡してくれた。

「まずは、平日の奈緒さんの予定をここに書いてみて」

「平日なんてほとんど仕事しかしてないですよ。えーっと、まず朝は七時半に起きます。それからシャワーを浴びて、髪の毛を乾かして、着替えて、その合間に、朝食を立ったまま食べてます。パンとかおにぎりとか、ご飯にふりかけをかけたり、あと、ヨーグルトとか。特に何を食べるって決めてなくて、その時の気分や冷蔵庫と相談して、適当に食べるって感じです。それで、八時半くらいに家を出て、電車に乗って、九時半に会社について、そこから業務ですね。十二時くらいからお昼に行って、十三時過ぎに戻ってきて、そこからも引き続き仕事です。お腹が減るので、十七時半頃に大体近くのコンビニに行って、おやつとか軽食を買ってきて、そこからまた働いて、忙しくない時は、二十時、二十一時、忙しい時は終電間際まで働いて、それで帰ってきたら二十四時とか二十五時くらいなことが多いです。ここ一年くらいはずっとこんなペースです。で、もう家に帰ったらメイクだけ洗い流して、パジャマに着替えてばたんきゅーです。お腹が減っている日は、テレビ見ながら、近くのスーパーで買ってきた見切り品とかコンビニのご飯とかを食べてますね。余裕のある日はさっとおかずをつくったりもするけど、一か月に一、二回あるかないかって感じです」

「一般的なOLさんに比べたらかなり忙しいかもしれないわね。ところで、奈緒さんは通勤電車の中では何をしてるの？」

「会社の携帯でメールがチェックできるので、メールを見たり、あとは友達とLINEでやりとりしたり……音楽を聴いたりもします。あ、SNSのチェックもしますね」

「その時間に本を読むのは難しいかしら？」

「読もうと思ったら読めるんですけど、電車が混んでいて、あんまり本を開ける感じではないかもしれません」

「最近はスマホでも、本は読めるわよね。そこまでして読むほどではない？」

「スマホでなら読めるかもしれません……」

「奈緒さんの会社には、スポーツジムに行ったり、お稽古《けいこ》事をしたり、平日に自分のための時間を持っている人は少ないのかしら？」

「ポツポツいますね。でも仕事漬けな人が多いからそんなに目立ちません。みんな休みをうまく使ってるのかも」

「じゃ、平日の時間をもう少し整えることを考えてみましょ。奈緒さんは一時間ほど通勤にかけてるわよね。会社の近くに引っ越したら通勤時間は少なくなるけど、引っ越すほどの不便は感じていないということかしら？」

「会社の近くだとちょっと家賃が高くて。それから、まあ、一時間、気晴らしになるからいいかな、と思って」

「その一時間、二時間にしてみたら？」

「え、どういうことですか」

短くするという提案ならまだしも、二時間に長引かせるとはどういうことだろう。

「つまり、**本来は通勤に一時間しかかからないところを、二時間かかることにして、**朝に一時間早く起きて、帰りは一時間早く帰ってみるの。そうすると、自分のための時間ができるわよね」

「でも、そうすると、今こなしている業務が滞る気がします。今の労働時間でいっぱいいっぱいですもん」

「そうよね。でも、奈緒さんが気持ち良く働くためには、一、二時間の気晴らしの時間が必要なのよね。だったら、もうばっさり、**最初からその一時間二時間はないものと思って計画を立てる**ことも考えないといけないと思うわ。時間は作ろうと思わないと、一生作れないから。それとも、文句言いながら今のままの暮らしを続けるの？

思い切って、働き方を変えて時間を作らないことには、奈緒さんは、もやもやした気持ちを抱えながら働き続けることになるでしょう？　その状態が奈緒さんにとって気持ち良くないなら、改善しなくちゃいけないわよね。**変えることを考えないとずう**

っとそのままだもの。それに、つらい働き方をしていると、会社に利用されている、みたいな卑屈な気持ちが生まれてしまうと思うの。実際、今もそう思いながら働いているんじゃない？　それは会社にとってもだけど、誰より奈緒さんにとって良くないわよ」

「たしかに、今、結構会社に自分を捧《ささ》げているように思います。会社からもらう以上に自分が捧げていて、身動きできない感じはありますね……」

「それじゃ、つらいでしょう。恋愛で幸せな状態を思い浮かべてみて。奈緒さんは、恋人同士がどんな付き合い方をしていたら幸せそうだって思う？」

「恋人同士、ですか。うーん、お互いがお互いを思って、助け合っていたら、幸せなカップルだなーって思います」

「そうよね。お互いに助け合って、どっちかが身を削ることなく、**対等な立場で付き合っているカップルは長く続く**と私も思う。会社も恋愛も同じことよ。自分は全部を捧げているとか、相手が返してくれていないとか思い始めると、どんどん不満がたまっちゃうから。

奈緒さんは、いい人なのよ。求められると、自分の容量以上に、相手に差し出してしまう。人には感謝されるかもしれないけれど、それで自分が折れてしまってはどうしょうもないわ。奈緒さんは相手と同じくらい、ううん、**相手以上に自分を大切に扱うことも知らないといけないと思う**」

「私、体型の時と同じで、不平不満を言うだけで、**環境が変わることだけを望んでいて自分で状況を改善する努力なんて何もしてなかった**のかもしれません。せめてあと一時間、自由な時間があったらいいのに、ってずっと思ってるくせに『どうしたらあと一時間生まれるだろう？』って考えたことはなかったんです」

「**視野が狭くなった時に起こる思考停止状態**ね。自分がこれまでに育ってきた世界の常識の中に囚《とら》われてしまって、そこから飛び出して考えられなくなっているの。

　つまりね、奈緒さんは、**変わりたいと思いながら、自分のことは変えようとはしないから**、環境や人が変わることだけを願っちゃうの。でも、環境や人は、自分の力では変えられないことのほうが多いから、この考え方だと**常に誰かを責めることになっちゃうの**。責めたっていいことなんてないのにね。

　この思考停止状態って、どんな場所でも起こってるのよ。これまでこんなことはやったことがないとか、こんなことはできない、無理だってところで議論が終わってしまうことってよくあるでしょ。**できないって思うほうが簡単だもの**。でも、そのできない、できないっていうのを飛び出してどうやったらできるだろう、って考えると、一歩飛び出すことができるの。

「そっか……。そうですね。**私が変わろうとしなかったら何も変わらない**んですよね。私、一日のタイムスケジュールを全部書き出してみて、時間の使い方を見直してみます。それで、最初からあらかじめマイナス一時間しておいたスケジュールの中で、どんな仕事の仕方ができるか、何が悪いか考えてみます。でも、もしそれでもどうしても、仕事の調整がつかなかったらどうしよう……」

「やらなくていい作業をみつけるとか、無駄な打ち合わせやアポをやめてメールでのやりとりを増やすとか、お仕事の効率化って、工夫次第でできると思うの。そして、そうやって工夫することで奈緒さんはご自身のお仕事をもう一回見直せると思うわ。奈緒さんには部下もいるわよね？」

「そうですね、何人か、年下の後輩もいるし、ウェブサイトの編集長なので、うちのサイトに寄稿してくれているライターさんたちを束ねる立場でもあります」

「上に立つ人ほど、余裕がないとダメなのよ。上の人のお仕事って、下の人に**自分の時間をあげること**だから。よく、社長が忙しい会社はダメだとかって言うわよね。社長が忙しいと、会社全体がどんなふうに動いているかわからなくなってしまうから。社長の仕事は意思決定や仕組みづくりだけというのが理想的で、作業に忙殺されているうちは、そんなことはできないわ。上の立場の人は、より大きい役割を担うために、それを可能にする心のゆとりがいるのよ」

「たしかに、後輩に教えたり、ミスを正したりしている時は自分の仕事も終わってないのに、ますます時間がなくなってイラついちゃったりします。

でも、そういうのってたぶん相手にも伝わるだろうから、イライラが後輩たちに伝わっているんだろうなあ……」

「この課題はじっくりと取り組んだほうがいいかもしれないわね。あとは何でもいいから、一日の最後に、自分で決めたことをちゃんとやって、**リズムをつくる**といいかもしれない。

私の場合は、一日の終わりに必ず、湯船にちゃんとつかるようにしているの。そうすると体も心もちゃんと一日の終わりを認識するのよ。時間ってね、**ちゃんと区切ってあげないと**、ただダラダラ流れている気がしてしまいがちなものなの。

でも、ここからここまでが一日、ってちゃんと自分で意識できるようになると、一日一日の時間の流れ方をすごく大事に思えるから。**時間を増やすことは誰にもできないけど、工夫次第で長く感じたり、時間を濃くすることはできるはず。**意識して生活してみるといいかもしれないわ。

「そうだ、よかったらこのチャイ、ちょっとあげるから、一日の終わりに飲んでみて。一週間分の七パック、あげておくわね。お砂糖をいれても美味《おい》しいわよ」

ヒカリさんにもらったチャイを、家に帰ってからお気に入りのカップになみなみと注ぐと、カップからふわっと異国の香りがして、旅先にいるような気持ちになった。

チャイを片手に、ノートとにらめっこして、タイムスケジュールをどんどん書いていく。改めて自分のスケジュールと向き合って、仕事内容を書きだすのだ。

始業から終業までやっていることを、まずは全部書きだしてみた。メール返信、資料の整理、原稿チェック、スケジュール管理、取材手配、取材……。かなりみっちりと詰まっている。到底この仕事量では、早く切り上げて帰ることなんてできない。

普段ならここで諦《あきら》めて、やっぱり時間の使い方なんて変えられないと思ってしまうところだ。けれどここでやめたら、今までの生活と何も変わらない。大金を払ってメンタルジムにまで通い始めた意味がない。

一体どうやったら、人に仕事を任せたり、仕事を減らせるだろうか。

例えば、今まで後輩の取材には絶対に付き添っていたけれど、毎回自分が行く理由はない。任せられるところは任せてしまってもいいんじゃないか。それから、取材対象の下調べは、時間を決めて集中してやることにする。スケジュールは、一回決まったスケジュールをリスケジューリングして二度手間になることが多かったけれど、一回決めたスケジュールは基本的には動かさない、と決めてみよう。

そんな風に、見直せるところをリストアップしたら小一時間経っていた。

仕事以外のスケジュールも見直してみる。お付き合いの無駄な飲み会、なんとなく断れずに友達と行くことにしていたゴルフの体験レッスン……仕事の予定ほどではなかったけれど、ここでも削れる予定はあったのでいくつかに、断りの連絡をいれた。とがめられるかと思ったけれど、ちょっと仕事で忙しくて、とか、自分の時間が欲しくて、と正直に言うと、「頑張ってね」と応援メッセージが来た。

今まで、時間がない時間がないと思っていたし、それは仕方ないと思っていたけれど、そうじゃなかったのだ。自分の態度と行動で、時間は生みだせるらしい。あまりにもあっけなくて拍子抜けしている自分がいる。意志一つで、目の前の世界はどんどん変わってくれる。

翌朝は、ノートを見直しながら出社して、会社についてまず最初にTODOリストを作ってみた。急ぎのメール返信、取材先候補のリストアップ、後輩の日報確認……

やることは山ほどあるように思ったけれど、書きだしてみるとノート一ページ分の半分程度だった。上から一つずつ、焦らずやっていこうと決める。いつもは、複数のことを同時進行にしてしまうけれど、一つ一つの作業にもっと集中しよう。資料を作っている時や、原稿を確認している時は、メールを見ないようにする。メールを見てしまうからやることの順序が狂うのだ。

朝から気合が入っていたことは後輩にも伝わったようで、「奈緒さん、今日は気迫がありますね」と言われた。

脇目もふらずに仕事をしたおかげで、仕事がいつもより進んだうえに、「ここまでやったんだから、いいか」と自分で自分にオッケーを出してあげることができた。そうだ。この感覚。自分で自分の仕事にオッケーを出してあげる、ということを今まで奈緒はしてこなかったかもしれない。毎日、集中力の限界か、終電など時間の都合で仕事を強制終了して、その続きをまた翌朝やる、ということの繰り返し。けれど、仕事の終わりを自分の意志で決めると、ただ流れるにまかせていた時間が、自分のものになった。

ヒカリさんに言われて始めたお風呂《ふろ》も、毎日バカ正直にやってみたら、本当に効果があった。

家に帰って、まずはお風呂を洗って湯船にお湯をいれる。コツは、お風呂に入ろう、と思う前に、お風呂を用意しておくことかもしれない。こうしておくと、その後、テレビを見たり食事をしても、お湯がもったいないから入ろう、と思える。

そして、せっかく入るなら少しでもリラックスして湯船につかりたいので、誕生日にもらったりして余っていたバスソルトを日替わりでいれた。これだけのことなのに、心の満足度はすごく高い。ほんの一〇分ほどのお風呂でも、足の先まであたたまると寝つきもよかった。

その理由を考えるべく、記憶をたぐりよせてみると、小さい頃、実家で毎日湯船につかっていたことを思い出した。幼稚園や小学校の時は、父や母とお風呂に入って、お風呂上がりに冷たい麦茶を飲んだり、ご褒美に好きなアニメを見るのを許してもらったりしていた気がする。

社会人になってからは、夜が遅いのでお酒を飲んだり、テレビを見たりしながらそのまま寝てしまって、朝にバタバタと朝シャンついでに体を洗う生活が習慣化してしまっていた。

今まで、「丁寧な暮らし」について書かれたエッセイや雑誌を読むたびに、そんな風にのんびりした生活は自分にはできないと感じていたけど、毎晩お風呂に入るだけで、ちゃんとした生活ができている気持ちになる。

別に毎日オーガニック野菜で料理しなくたって、家具を磨いたりしなくたって、こうやって**決めたことをちゃんと、どんな小さいことでもやることが「丁寧な暮らし」なのかもしれない。**

一日中のんびりするのではなく、**心がのびのびした瞬間に気づける自分になるのだ。**仕事を辞めずとも、地方に移住しなくても、考え方が変われば、どこでだってちゃんと人間らしい暮らしはできる。そんな風に思えた。

小さな習慣がひとつひとつ増え、少しずつだけれど暮らしがよくなっていくのを感じるにつれ、一日の中で幸せだと思う時間が長くなったことに自分でも気づけた。これまでずっと悩んでいたのがウソみたいだ。メンタルジムにお金を払ったことで、**自分の毎日の変化に敏感になれている**ことが思った以上に、自分を助けてくれている。

今まで、あまりにも自分の変化に鈍感だった。大げさだけど、人は、毎日だって生まれ変われると今なら信じられる。お風呂に入るたび、新しいTODOリストを作るたび、ヒカリさんにもらったチャイを飲むたびに、自分が進んだことを感じられた。

近頃会社の給湯室では、なぜか頻繁に吉田に会ってしまう。

「わ、なんでまたあんたがこんなとこにいるのよ。冷蔵庫に食料でも隠してあるの？」

こんな風にからかっても、怒らない相手だとはわかっている。吉田はあんたよばわりされてもどこ吹く風だ。

「そんなんじゃないよ。たまたまだよ。そういえばさあ、この間言ってた最近よく会う人ってどんなやつなの？」

「んー、まあ習い事みたいな場所で、会う人がいて」

「奈緒ちゃんこんな忙しいのに、習い事なんてしてるのか。すごいな」

「うん。習うつもりはなかったんだけど、人生変えたくなって」

そこまで言った時、吉田の業務用携帯が鳴り、吉田は「もしもし」と言いながら、「ごめん」と「じゃっ」のジェスチャーを手でしながら立ち去った。詳しい説明をするのが面倒なので、奈緒はほっとする。でも同時に、話し足りないような気もして、そんな自分を不思議に思った。

今日はチャイをつくる。ヒカリさんのところでもらったチャイはあたたかいミルクで溶くタイプのものなので、会社用にお湯で溶くタイプの簡単につくれるものを買った。味は、ミルクで溶くものに劣るけれど、それでも気分は味わえる。チャイは、お腹の中を温めてくれるし、ほのかに甘いのでお菓子を食べようという衝動を抑えてくれる効果もあった。

仕事の合間にちょっとした楽しみをつくることも自分次第でできるのだとチャイを飲みながら嬉《うれ》しくなる。

せっかくなので、優子をはじめとする部署のメンバー全員にも、チャイを振る舞い、喜んでもらえた。

もはや親しみさえ感じるようになった扉を今日も開ける。

「ヒカリさん、こんにちは」

ヒカリさんは、目が合うと、にっこりと笑ってくれる。会った瞬間に笑いかけてもらえるのはよいものだ。歓迎され、心の中に入れたような気になる。

ヒカリさんの目は色素が薄くて、少しつり目で、いたずらな猫を彷彿《ほうふつ》させる。その目が、きゅうっと細まるところが、たまらなくチャーミングだ。

「こんにちは、待ってたわよー。チャイ、飲んでくれてる？　今日はね、もしよかったら、友人の韓国土産で柚子《ゆず》茶をいただいたから、それを飲まない？　すっごく美味しくて、喉《のど》にも良いし、元気になるわよ」

「だんだん『今日は何を飲むのかな』って楽しみになってきました。チャイ、家だけじゃなくて、会社でも飲んでます。あ、でも、会社だと牛乳が用意しづらいので、お湯で溶くタイプのをコンビニで買ったんですけど。自分で飲み物をいれると、気分が変わりますね。それだけで、会社での時間にめりはりがつきました。柚子茶、是非お願いします」

柚子茶は、甘味、酸味、苦味の混ざった懐かしい味がした。

カルテには「リフレッシュしたい。休みをとって旅行にも行きたい」と書いていた。旅行といえば、そういえば、一年くらいどこにも行っていない気がする。国内旅行なら一泊で行けるし、週末の予定を整理して有休を使えば、国外だって行けるんじゃないだろうか。

「ヒカリさん、私、カルテに書いてある夢、夢じゃなくて現実にします。『行きたい』だけじゃダメだって、読みながら自分で思ったので、旅行に行くことにしました」

「どこか行きたい場所でもあるの？」

行きたい場所……そう言われてみると、特にはない。けれど、とにかくどこかに行きたい。

メンタルジムに通い始めてからほんの一週間ほどなのに、あまりに慌ただしく、新しいことが入ってきすぎていて、せっかくの栄養が吸収できていない感じがする。少し**消化のための時間**を取りたい。そのためには、少し環境を変えて、自分自身を遠くに置くのがいい気がしたのだ。それを、そのままヒカリさんに伝える。

「特にはないんです。でも今、いろんなものを吸収しようっていう気持ちになれているから、この気持ちが続いているうちに、物理的にも離れた位置から普段の自分を見つめ直したいって思いました」

「そう。すごくいいと思うわ。そうやって**インスピレーションが湧いてくる時は、その心の声に従ったほうがいい**と思う。

私は、結構お仕事でいろいろ行っているから、行きたい場所があったら相談してね。美味しいお店くらいは教えられるかもしれないし」

目の前の柚子茶を見ながら韓国もいいかも……と思ったけれど、国外だと外からの刺激が大きすぎて、自分の内面と向き合いきれない気がする。

「国外よりも、国内でどこか行きたい気分なんです。国内でどこかオススメはありますか？」

「私は、いつも食べたいものから旅行を考えているけどね。金沢《かなざわ》にお寿司《すし》を食べに行こうとか、京都にわらび餅《もち》を食べに行こうとか、高知にカツオを食べに行こうとか。奈緒さんは、何か食べたいものはないの？」

ヒカリさんが食べ物を目的に行き先を決めるなんて意外だった。温泉とか、美術館とかを目的にしそうなのに。

「ヒカリさんって、モデルさんなのに案外食いしん坊なんですね。なんだか嬉しいです」

「何言ってるのよー。食べることは全世界共通の人間の楽しみじゃない。食べたいものがたくさんある人生って、幸せだと思うのよ。もちろん、仕事柄、量には気を付けるけど、その分食べたいものを食べてるわよ。

モデルである前に、まずは人間であることを楽しむのが私のモットーなの。旅行中は頑張って歩いてカロリー消費しつつ、しっかり食を中心に予定を立ててるわ」

モデルである前に、まずは人間。当たり前のことだけど、心にずぶずぶとその言葉が染みていく。奈緒の生活に「人間であることを楽しむ」という視点はあっただろうか。

「そうなんですね。私、何食べたいのかなー。でもヒカリさんのオススメのわらび餅、食べてみたいです」

「誰と行くの？　一人？」

「いろいろ考え事もしたいし本も読みたいので、一人旅でもいいかな、って思っています」

会社のメンバーや、大学時代の友達を誘うのは、日程や希望を合わすのが面倒だし、一人旅という新しい経験も、悪くない。この気持ちが消えないうちに実現させないと、一生機会がないかもしれない。

「近いとこなら、名古屋《なごや》とか、京都とか、新幹線でぱっと行ってぱっと帰って来られる範囲にしたら？　奈緒さんは車の運転免許とかは持ってないのよね。だったら、交通の発達している都市がオススメかも」

「そっか。京都、いいですね。でも、私、お寺とか神社には興味がないんですよ」

「京都だからって、お寺とか神社にわざわざ行かなくていいわよ。わらび餅食べて、帰ってくるっていう旅行でも楽しいじゃない。無理にいろいろ行って、元とろうとしなくていいのよ。

わらび餅を食べに行くって思ったら、わらび餅を食べられた時点で、元はとれてるんだから。あるいは、もし気が変わったり、お店の都合か何かで食べられなかったとしても、わらび餅を食べに京都に行った、っていう目的は達成されているんだから、問題ないわ。

その土地の名物だからといって、これを食べなくちゃとか、あそこに行かなくちゃとか、一生懸命あれもこれもしなくていいの。**どこに行ったって、やりたいことをやって、行きたいところに行けばいいのよ。その瞬間を楽しめれば、なんだってありなの**」

「でも京都に行ってお寺とかに行かないのはもったいなくないですか？」

「なかなか修学旅行やパッケージツアーでは、観光地を飛ばしたりはしないわよね。でも、せっかく自分で自由に旅程を組み立てられるなら、急がない旅をしたっていいわよ。**やりたくないことをやるほうが、お金も時間ももったいないでしょ？**

近所なら、行きたいカフェに行ってお茶を飲んで帰ってくるだけでも楽しいじゃない。旅行もそんなスタンスで行けばいいのよ。あれもこれもやるから、旅行が仕事みたいになって疲れちゃうのよ」

「確かに、旅程を詰め過ぎると、仕事みたいになるかも。でも、その土地のものを味わって、その土地ならではの場所に行くっていうのが旅行だと思うんですけど……」

奈緒は、今までに行ったいくつかの旅行を思い出した。せっかく行くなら、その土地に行かないと経験できないことを全部しないと、損な気がしたから、普段は行かない神社やお寺、遺跡などの観光名所をみっちりと回るのが、定番のパターンだ。

「普段はしないことをする」が旅のテーマで、普段することを旅先でする、という考え方は奈緒にとって新しく感じた。旅にはそんな過ごし方もあるのだろうか。

「そうしたいならそうすればいいわ。でもそうしたくないなら、無理にそうしなくてもいいと思う。ここにいるからこうしなきゃっていう世間の常識とか、自分の思い込みから自由になると、楽よ」

「ヒカリさんって本当に自由ですね」

「そう？　でもね、どこにいようと、奈緒さんの時間だし、奈緒さんの一日なのよ。それは変わらないでしょ？　だから、自分の習慣や好みを、環境に合わせて変えることなんてないのよ。

私、昔短期留学をしたことがあるの。いろんな国に行ったけど、最初に行ったのはロンドンで、モデルとして一回り成長したいと思って、ファッションとモデルの勉強をするために行ったのよ。それで、行く前は、行ったら絶対に自分の人生は変わると思っていたの」

奈緒は思わず身を乗り出してしまう。

「そうじゃなかったんですか」

海外で、きっといろいろな考え方に出会ったことが、今のヒカリさんを作っているのだろう。そうじゃないと、こんなに自由な思考はできないだろうから。

「そうとも言えるし、そうじゃなかったとも言えるの。ロンドンに行ってもね、私、日本にいる時と同じことで悩んでたのよ。ロンドンにいるのに、日本に帰ったらこういうことしようとか、この経験を生かして、こんなことができないかとか、先のことばかり考えていたの。でもある日、突然はっと気づいたのよ。**場所が変わっただけでは自分は変わらないんだな**、って。日本にいる頃の私は、ロンドンに行きさえすれば、自分の人生について新しいインスピレーションが湧いて、帰る頃には一回りも二回りも違う私になれると思ってた。でも、そういうわけではなかったの。**どこにいたって、誰といたって私は私で、環境は私を変えてくれないんだな**ってことがわかったわ。私が変われるのは、私が変わろうと思った時だけ。だから、ロンドンにいるからとか、環境の変化は何も関係ないの。

　旅の話からだいぶそれたけど……どこかにいるから、こうなれるかもしれない、とかこうすべきとかは全部自分勝手な思い込みなのよ。**変わろうと思った瞬間に変われない人はどこにいたって何をしたって変われないのだけれど**、普段は、それに忙しくて気づけないのね。旅行だと、日常のやらなくちゃいけないことから解放されるでしょ？　だから、旅の時のほうが自分の変化に気づきやすくなるの。でも旅をするように暮らしていればどんな時も自分の変化を受け取れる。そうなったら、もう旅に行ったからといって特別なことをしようとも思わなくなるわ」

ヒカリさんにも、奈緒のようにいろいろ迷って、自分自身と折り合いがつかない時期があったのだと思うとほっとした。

ヒカリさんは、今の奈緒に昔の自分を重ねているのではないだろうか。だから飛び込みの奈緒のような客をメンタルジムにいれてくれたのかもしれない。

「人生ってよく旅に喩《たと》えられますけど、たしかに、旅の時みたいに、いろんなものを受け入れようと思って暮らしたら、目の前の日常からも楽しみが生まれるのかもしれませんね。

でもそうなると、わざわざ旅に行く意味って何ですかね」

「意味なんてないし、正解もないわ」

「え？」

「そんなの、みんな共通の正解なんてあると思う？　自分の考え次第だから、難しく考えずに、旅そのものを楽しんでいれば、それは意味ある時間になると思わない？

哲学者でもないのに、理由ばっかり考えたって、いいことなんてないわよ。時間なんて、一瞬一瞬の繰り返しなんだから、**いつも『この瞬間に意味はあるんだろうか？』なんて思ってたら一生楽しめないわ。**何にでも答えがあるわけじゃないのよ。人生には、答えそのものよりも、答えを探す過程に意味があることも多いしね。

でも、もしも旅から何かを得たいんだったら、私はこの旅で何を得たんだろうって、奈緒さんが思うこと、それ自体が旅からもらった宿題みたいなものかもしれないわ。

私、旅って後からじわじわ効いてくるものだと思うの」

「じわじわ効いてくるもの……」

「京都、楽しんで来てくださいね」

ヒカリさんはゆっくりとほほ笑んだ。

一人旅なんて大学生以来だ。

新幹線はちょっと高かったけれど、自分へのご褒美だと思って、グリーン車にしてみた。それだけで特別な気分になれる。

電車のかすかな振動というのは、心を落ち着けてくれる効果があるのかもしれない。

東京駅で買った卵のサンドイッチと、新幹線の中で買った熱いコーヒーという組み合わせの、ちょっと遅めの朝ごはんも、抜群に美味しく感じた。

本当は、食後に文庫本を一冊読み切るつもりで持ち込んだけれど、気づいたら寝てしまい、いつのまにか京都だった。

ただ遠くに出かけるだけで思いのほかワクワクできる自分が新鮮だ。いろいろ行きたい気持ちをあえて抑えて、結局神社はひとつだけにした。小さい頃、旅行先ではその土地の神様にお参りするように、と母が教えてくれた。だから、旅のはじめに、どうしても一つだけでも神社に行きたかったのだ。

おみくじは小吉で、お土産に、自分用のお守りを買う。周りを見渡してみると、意外に一人で来ている人も多いみたいだった。きっとそれぞれに、叶《かな》えたい願いがあるのだと思うと、心が温まる。

神社の他は、ご飯の予定で埋めた。京都出身の友人が教えてくれた美味しいうどんを食べて、ヒカリさんオススメのわらび餅を食べて、ドーナツの美味しい珈琲《コーヒー》屋さんでくつろいで、夜はお豆腐を食べて、早めにホテルでぐっすり寝る。

そして朝は、早めに起きてモーニングを出すお店に散歩がてら行って、チェックアウトして、駅弁を買って新幹線に乗った。一緒にご飯を食べる相手がいないことは少し寂しかったけれど、時間がぎゅっと詰まって、まるでドラマの主人公のような気持ちになれた一泊二日だった。

ウキウキした気持ちを抱えたまま京都土産と共に、ヒカリさんのところに行く。

「ヒカリさん、こんにちは。旅から帰りました。これよかったらどうぞ。お土産です。いつも美味しいお茶を飲ませてくださるから、美味しい抹茶を買ってきました」

昼に行ったうどん屋さんの横にお茶専門店があり、一回分ずつの量を小分けにしている可愛いパッケージの抹茶が売っていたのだ。見た瞬間、ヒカリさんの顔が浮かんで、嬉しくなった。ヒカリさんは、歯茎が見えるくらい顔中で笑ってくれる。

「ありがとう。可愛いパッケージ！　こんなのが売ってるのね。今日はせっかくだからこの抹茶を飲むことにしましょうか。京都はどうだった？」

「あっというまだったんですけど、すごく充実していました。ヒカリさんがオススメしてくれたわらび餅、とろとろですごく美味しかったです。あんなわらび餅初めてで、本当に心から行ってよかったって思いました」

わらび餅のお店は思っていたよりも混んでいて、カップルも多かった。

「でも一人の旅行はやっぱりちょっと寂しくて……ここに一緒にこられたらよかったのにって、家族とか友人の顔をたくさん思い出しちゃったかもしれません」

ヒカリさんは、うんうんと頷《うなず》きながら、奈緒の目の奥をじっとみつめる。いつもそうだけれど、ヒカリさんは人の話を心で聞いてくれる感じがする。だからこそ、なんでも打ち明けられる。本音を言えるのは、言っても絶対に受け止めてくれるという信頼があるからかもしれない。

「それは良かった！　だって、普段のままの休日だったら、その人たちのことを思い出さなかったと思う。だから、それだけでも、普段とは違ういい休日になったと思うわ。どう？」

そう言って、ヒカリさんはまたニコッと笑ったのでドキッとした。この人の笑顔を見たいという気持ちにさせられる。

「確かにそうかもしれません。普段は私、SNSにそんなに力をいれていないこともあって、あんまり写真を撮らないんですけど、京都にいるってだけで街並みや、カフェやご飯が特別に思えて、パシャパシャたくさん写真を撮ったんです。

写真を撮った枚数って充実度に比例するのかもしれません。後から写真を見返していたら、この写真を撮った時って一日の中で心が動いた瞬間だったよなあって思って、一日に、私はこんなに何度も感動できる心を持っていたんだ、って嬉しくなったんです」

今まで、SNS上に「充実した私の生活」みたいな投稿をしている人たちって、どうしてあんな風に毎日楽しそうなのか不思議だった。けれど、旅をしてみてわかったのだ。写真をたくさん撮ることで、充実した瞬間に気づくアンテナが鍛えられることに。「撮る」と決めると「撮るべきもの」を探す自分になるのだ。

「時間の過ごし方もゆったりしていて、リフレッシュできました。今回はあんまり予定をいれずに、ふらっと雑貨屋さんに入ってみたり、可愛い書店で本を買ったりしてみたら、その場にいること自体を心から楽しめたんです。その場に自分がいる時は特に何も感じなかったんですけど、後から思い返して、あ、あの時間の使い方ってとっても、贅沢《ぜいたく》だったな、幸せだったなって思えて。私、こういう旅の楽しみ方を今までしたことがなかったかもしれません。すごくいい時間の使い方をしました。私の人生、少し良くなった感じがしました」

心からの言葉だった。

「そんな風に思ってもらえるなら嬉しいけど。もともとのテーマだった、普段の自分をちょっと離れた場所から見るっていう課題は、できた？」

「ヒカリさんが言っていた、どこに行ったって自分は自分っていう言葉が腑《ふ》に落ちました。この旅で自分を掴《つか》んだ気がするんです」

そう。京都にいた時、京都の街中を目的なく歩いていた時に、奈緒は自分自身をどんどんと取り戻している感覚に陥った。別に京都に自分のかけらが落ちているわけではないのだけれど、自分の中の足りなかったピースがどんどんと埋まって自分が自分らしくなる感覚を味わったのだ。

「何かきっかけがあったの？」

「そういうのは特にないんです。神社でお告げをもらったとか、わらび餅を食べていたら何かが起こったとか、そういう神秘的な体験は何もありません。でも、だから自信を持って言えるんです。**私は、きっかけなんてなくたって私の力で私を掴めたって**。普段の自分も遠くにいる自分も、全部私なんだなって。それで**私は私から逃げられない**んだなってことも嫌というほどわかったんです。

京都に行こうが、ロンドンに行こうが、どこに行って何を食べて何をしようが、私は、このままの私なんだから、この私を大事にしなくちゃって思えました。そんな風に思えたことは、旅の大きな収穫です」

言葉を発しながら、自分はこんなことを感じていたんだ、と新鮮に感じた。言葉にしてみて、初めて気づけた。

自分が思っている以上に、自分の考えを口にするのって大事なのかもしれない。喋《しゃべ》ることで、ますます自分がよくわかる。まだまだ口は止まらない。感じたこと、考えたことを全てヒカリさんに聞いてほしかった。

「今回は奮発して、グリーン車に乗ったんですけど、それもよかったのかもしれません。昔、私、グリーン車が憧《あこが》れだったんです。子供の頃、新幹線に乗った時は、あの壁の向こうは、すごくお金持ちだけがいける場所だって思ってました。でも、そんな壁、勇気ひとつで越えられちゃうんですね。

グリーン車なんて身分不相応だから『乗れない』って思っていたんですけど、グリーン車に『乗れない』のではなくて『乗らない』選択を自分でしていただけなんだってわかったんです。

自分のためにこんな贅沢するなんて慣れないですけど、どうせ、この衝動的な一人旅自体が浪費なんだって思ったら、浪費ついでに自分のこと甘やかしちゃおうって思って。またこういう旅したいから、仕事頑張ろうって思えました」

「浪費じゃなくて、きっと投資になるわ」

「そっか。使う言葉が、意識をつくりますもんね。浪費なんて言ってちゃダメですね。私、自分との距離がすごく縮まった気がします。自分との距離が縮まるなんて、おかしな表現かもしれません。自分が遠くにいたわけじゃないのに。でも、目をそむけていたんだと思います。この旅は、私を私に戻してくれました。というか、そういう風に後から言えるようにこれからの自分を変えていきます」

ヒカリさんは、奈緒が買ったお土産の抹茶をゆっくりすすって、にっこりと笑った。抹茶の入った小さなカップが全部包まれてしまうくらい、ヒカリさんの指は長い。

「奈緒さん、いつもより饒舌《じょうぜつ》ね。よっぽど楽しかったんだろうな、京都。京都の町で、ふらふらと自由にお散歩しながら自分を取り戻していく奈緒さんの姿が目に浮かぶわ」

「私、自分がこうやって変わったことを、もっともっと誰かに話したいんです。誰かに話すことで、やっと自分にも見えてきますよね。日記とかもつけていなかったから、今まで自分の変化にすごく疎かったと思います」

仕事では毎日書いたり、喋ったりしているクセに、自分自身については全くアウトプットをしてこなかった。でも、こうやって、口にするだけでも、自分の変化に向き合える。

「内面の変化は、なかなか見えないからこそ、見える形にするのって大事かもしれないわね。人は何かを決意した時や、心に変化があるとよく髪を切るでしょ。ああいうのも、実は、自分の中の変化を、目に見える形にしたいから、行動に移すんだと思うの。

奈緒さん、自分の変化を誰かに話したい気持ちがあるなら、ブログか何かを始めたら？　あるいは、奈緒さんの会社のサイトで連載するとか。奈緒さんは、そうやって発信するの、むいていると思うわよ」

「そうですか？」

「まあ、強制はしないけど。きっと面白いと思う。そろそろ今日の課題にいきましょうか。抹茶のおかわり、今いれるわね」

4　お金に振り回されないために

「次の課題はお金の余裕を持ちたいってことね。今は余裕がないの？」

体型、仕事、時間と来て、次はお金だ。

メンタルジムに来ていなかったら、改めて考えるようなこともなかっただろう。

「もちろん、不自由はしていません。でも、もっと広い家に住みたい、もっと欲しいものを買いたいっていろいろ考えたらお金はあってもあっても足りない気がして。お金の余裕は全然ないです」

「どれくらいあったら足りると思う？」

「あればあるだけいいんじゃないでしょうか」

「でも、最初にも言ったけど、ゴールがないと、マラソンは終わらないわ。どこまでいっても、もっともっとって思うだけよ。一体どれくらいあったら満足なの？」

「私の理想の生活を補えるくらいです」

「理想って、例えば？」

「ほんとに例えばですけど、都内の広いマンションに住んで、お洋服を値札を見ずに買って、後輩に食事をおごってあげられて、あとは、たまに美味《おい》しいものを食べて、タクシーで家まで帰りたいです」

「だんだん具体的になってきたわね。それは、一体いくらあれば叶《かな》うと思う？　例えば、都内の広いマンションっていっても築年数が古ければ、今の奈緒さんのお給料でも住めるかもしれないわよ？　もしかしたら、グリーン車の時と同じで、できることをやらないと選択しているだけなのかもしれないし。もっともっと具体的に考えてみないと。都内のどんなマンションに住んで、そこは家賃いくらくらいなのかってことを考えてみて」

具体的な値段……。一体いくらくらいあれば、満足できるんだろう。とにかく、今の家よりももっと広いところがいい。今までに見た家の記憶を順々に思い浮かべてみる。

「それでいうと、大学時代の同級生が、外資系のすごくお給料のいい会社に勤めていて、家賃も、月に二十五万円くらいのところに住んでいたんです。マンションを一度見せてもらった時にお風呂《ふろ》がすっごく広くて、キッチンもオシャレで使いやすそうで、セキュリティもしっかりしていて、あと憧《あこが》れのウォークインクローゼットがあったから、ここに住みたいって強く思ったんです。だから、二十五万円を毎月家賃として払えるくらいになりたいです」

「ほら、具体的に考えていくと、目標ができるでしょ。家賃は、お給料の四分の一くらいがいいって聞いたことがあるわ。二十五万円なら百万円は毎月稼がないとね。他にお金を使う先がなくて家賃最優先なら、稼ぐ額の半額と考えて、毎月五十万円くらいかしら」

「わー、それはさすがに無理です！　高すぎますね。やっぱりちょっと高望みでした」

「目標は高く設定しておいたほうがいいわよ。こんなのただの目標の数字なんだもの。来月このお金を稼げって言われているわけじゃないの。目標をまずは決めて、実現する方法はあとよ。**方法から先に考えたら、自分の現在地から近いところで、小さく目標をまとめてしまう**でしょ？　そうすると、理想の生活にはいつまでも手が届かなくなっちゃう。

それに未来には状況が変わるかもしれないのよ。例えば結婚して、旦那《だんな》さんができたら、半額ずつ出せば同じマンションに住めるかもしれないし。なんにせよ、**夢は具体的であればあるほど叶う**の。目標が具体的な数字になるって大きな進歩よ」

「彼氏もいないのに、旦那さんはできないと思いますけど、でも、確かに何年か後に叶えばいいんですもんね」

「奈緒さんが理想の場所に住む頃には、きっとそれにふさわしい自分になってると思うわ。ゆっくり、近づいていけばいいのよ。

それにたぶん奈緒さんは、お金を持っても、きっと今と生活の根本はそんなに変わらないと思うわよ。買い物をする時ってお金だけが基準じゃないでしょ？　欲しいものだったら高くても買うし、買うか、買わないかの判断って、自分にとって必要か、必要じゃないかだったりするもの。単純にお金だけじゃなくて、例えば洋服なら、似合うかどうか、着まわせるかどうか、クローゼットに入るか、なんて考えていって、買うまでに、いろんな理由で買わない選択にいくことも多いでしょ」

「そうかもしれません」

「お金を持ったらライフスタイルが変わる人っていうのは、一気にお金持ちになった時だけよ。そういう人は、急に手に入れたお金を支配したいって気持ちが強いから、使うことでお金に負けないようにしようとするの。お金に慣れてないだけ。

普通、徐々に徐々にお金持ちになる人って、生活も段階を追って変わるから、そんなに変化は感じないと思うわ」

「たしかに私、高いお酒とかってあんまり飲まないし、美味しいものもたくさん食べたいけど太りたくはないから、外食と家のご飯は半々でいいし、車は免許がないから買えないし。どーんとお金を使うことってないかもしれません」

高級ブランドを持っている同僚を見ても羨《うらや》ましくは感じない。今、めちゃくちゃ欲しいものも特にない。

「贅沢《ぜいたく》品を好むような人には見えないものね。物に依存する人は、そもそも、こんなメンタルジムなんて入らないわ。奈緒さんが、ブランドもののバッグを持っているのを見たことなんてないけど、それがやすやすと買えるくらいのお金を、うちに投資したでしょ。どんなことに価値を見出《みいだ》すかって人それぞれなのよ」

「そうなんですね。でも、つくづくお金って不公平ですよね。私、家を窮屈に感じたことなんてなかったんですけど、その同級生の家から帰ってきた時は自分の家がすごく狭く感じられちゃって……同じ年なのに全然違う暮らしをしているんだなあって、切なくなりました」

「でも奈緒さんには、これからその生活を勝ち取るっていう楽しみがあるわよ。だから対等。奈緒さんが引き合いにだした友達も、彼女は彼女の世界で戦っているのよ。きっと彼女の周りにはもっと成功した人もいて彼女は彼女の生活に一〇〇パーセント満足しているわけではないと思うの。『もっともっと』の世界はキリがないのよ」

「ヒカリさんは、もうお金持ちだからそう思えるんですよ」

「そうかしら。確かに、お金は選択肢を広げてくれるわ。ここに百円のアイスと百三十円のアイスがあったとして、百円しかなかったら、少なくとも、百三十円のアイスを買うという選択肢はなくなるわよね。でも、そうしたら、百円のアイスを楽しめばいいじゃない？　ないもののことを、『もしもあったら』ともしもの可能性の中で考えるから、自分は不幸せだ、という思い込みが始まるのよ。

もちろん、いろんな不測の事態に備えて、お金があるに越したことはないかもしれない。お金が解決してくれることもたくさんあるし、何より、豊かさは自分だけでなく、周りの人をも豊かにしてくれるわ。それは、私も、お金を持ったからこそ実感したかもしれない。でも、もっともっとという考えかたであれば、いつまでたっても幸せにはなれないわ。幸せとお金を、切り離して考えられない限り幸せになんてなれないのよ」

「確かに、お金をあまり見過ぎると、目標に到達したところで、あとちょっとあればってキリがなくなっていくかもしれません。幸せがいつも『あとちょっと先』になっちゃうんですね」

「そうね。お金に対しての理想は、あってもいいと思う。でも、なければ不幸というわけでもないわ。**お金で人が満たしたいのも結局は感情だったりするし**」

「どういうことですか？」

「ブランド物のバッグで幸せになる人っていうのは、バッグを買っているように見えて、本当は『こんなにいいものを買える自分』とか『このバッグにふさわしい自分』という気持ちを得たいからバッグを買っているのかもしれないわ。

もちろん、そのバッグが便利だとかデザインが可愛いっていうのも、本人にとっては選んだポイントかもしれない。だけど、もし、買っているものが感情だとしたら、その感情は他のものでも満たせるかもしれない」

「たしかに、心が寂しいと買い物依存症になるとかって言いますよね」

「そうね。ちなみに私の知る限りでは、本当にお金持ちで満たされている人って、案外シンプルな暮らしをしているわよ。彼らこそ、本当の豊かさはお金では買えないって知っているからね。

お金があって当たり前だから、むしろお金という尺度を無視して幸せと向き合えるんだわ。人は、ないもののことばかり考えてしまう生き物だから」

「ないもののことばかり考える……確かにそうかもしれません」

「お金なんて、言ってしまえばただの紙切れよ。

お金があれば自由だとか幸せだとか思っている人には、お金のほうもそれを警戒してきっと寄ってこないわ。でも、お金で充実は得られないと思っている人には、お金のほうから寄ってくるわ。私はお金ってそういうものだと思っているの」

「ヒカリさんは、どうしてそういう考え方になったんですか」

「私は、人より早く働いていたから、お金面ではそれなりに満たされていたし、人に好かれたいとか、もっと休みが欲しいとか、そういうお金以外の欲求を意識することのほうが多かったの。でも、そんな風にあんまりお金を意識しないまま生きてきたら、気づいたらお金は貯まっていたわ。で、今はそのお金を元手にして、こういう、自分の好きなビジネスもできている。

だからお金には感謝しているけど、あんまりお金の力を実感していないのよ。例えばね、奈緒さん、今私が一億円ぱっとあなたに渡して、自由に使っていいわよって言ったらどうする？」

「え？」

ヒカリさんは手を口にあてて笑った。

「たとえ話だけどね。でもほんとだと思って真剣に考えてみて。一億円渡すとして、『はい、このお金、明日までに使ってね。明日以降に持ち越すようなものは買っちゃダメ。今日使い切れる範囲のお金だけ使って、後は返してくださいね』って言ったらどうする？」

「え、一億円をあと数時間で使い切るって、無理ですよ。旅行予約したり、車を買ったりしたらダメなんですよね？」

「だめ。そういうものは明日以降に残っちゃうでしょ」

「そうしたら、美味しいご飯を食べて、ヘリコプターで東京の夜景でも見て、ホテルにお泊まりして……ってそれくらいしかお金の使い道、考えられないです」

「そうよね。というか奈緒さんにヘリコプターに乗りたいっていう夢があるなんて思わなかったわ」

「いえ、思いつきで言ってみただけなんですけど、本当は高いところって苦手で……」

欲しいものはたくさんあるはずなのに。もしかして、思い浮かばないということは、大して欲しくないということなのだろうか……。

「じゃあもう、ほとんどお金余っちゃうわね。美味しいもの食べて、ホテルに泊まるだけだったら、どんなにいいもの食べて、いい部屋泊まっても、数十万円で終わっちゃうんじゃない？」

「そうですね。私、想像力がないのかな。でもそれくらいの贅沢ができるお金なら自分の預金通帳にすでにあるんですよね。あえてそこには使っていないだけで」

「まあ、余ってるお金があったらそういう贅沢もしてみようかなって気持ちになるかもしれない、ってレベルよね。私も、食べたいものとか行きたい場所が無限にあるわけじゃない。だからお金をただ余らせていても、ないのと同じだから、昔からの貯金をこのメンタル・ジムの運営に思い切って投資したのよ。お金って、使わないうちはただの紙切れなんだもの。金庫にあるうちは、お金はあるのもないのも一緒。私はお金のおかげで、こういうふうに、奈緒さんと会えたり、いろんなお客さんと出会えて、自分の人生が充実しているからお金に感謝しているわ。でも、お金がなかったら他の方法があったかもしれない。

まさかの時を、お金が救ってくれることもあるから、お金はないよりはあったほうがいいと私は思うわ。でも、普段の一日一日を考えた時に、一億円ある生活とない生活で、そこまで変わらないでしょ。**あってもなくても変わらないものに、執着しているのは時間がもったいないと思わない？**」

「実感があるわけではないけれど、意味は理解できます」

「お金があればって思っていることは、お金がなくても解決できるかもしれないの。あるいは『お金があれば』って思わなければ自己解決できることなの。

でもお金って目に見えるし、わかりやすいでしょ。だから、**みんなお金があれば、**

お金があればばって考え過ぎちゃって他の可能性を見ないのよ。これも思考停止状態になってるの」

「ヒカリさんのその人生観、羨ましいです」

「私だって紆余《うよ》曲折あって、この心境に至ったのよ。でも、今日話したことが、奈緒さんのこれからの人生のお金に対する価値観を少しでも変えたならすごく嬉《うれ》しく思うわ。

私の場合はね、お仕事のやりがいを感じるのは目の前の人が『ありがとう』って私に対して感謝してくれたり、誰かの役に立てたっていう貢献感を得られる時なの。どんなにいい写真を撮ってもらってそれが雑誌に載って、たとえ何万人もの人が見たって、その何万人が雑誌を見ている現場に私は立ち合えないから、実感があまりないのよ。自分が支持されているよりは、モデルのヒカリっていうキャラクターが支持されているんだな、ってすごく客観的に感じちゃう。

そんなことより私は現場でカメラマンさんやスタッフにポーズや笑顔などのコンディションを褒めてもらうことのほうが、よっぽど誰かの役に立っていることを実感できるわ」

「ランウェイやイベントでキャーキャー言われるのとかってどんな感じがしますか？」

「もちろん、嬉しいは嬉しいけど、ランウェイではあくまでお洋服が主役。モデルはそれをキレイに見せるためのツールよ。少なくとも私はそう思っているわ。キャーキャー言われているのは、その場にみんなキャーキャー言うために来ているからよ。イベントだもの。普段会えない友達に会った時、女子同士でキャーキャー大声で言い合う感じに近いんじゃないかしら。

いずれにせよ、好かれていて嬉しいと感じることはあっても、それは、仕事としての満足感とは言えないと思う。私は、欲しいものはお金で買えないって、経験の中で気づいたのかも」

淡々と話すヒカリさんを見ていて、もしかして、ヒカリさんはとんでもなく孤独なのかもしれないと思った。人に羨まれる要素をたくさん持ちながらそれをひけらかさず、自分の役割を自分で見つけながら冷静に分析し、我が道を行くヒカリさん。本当にかっこいいし、私なんかが心配するのもおこがましいけど、ヒカリさんは幸せなんだろうか。スポットライトを浴び続け、意見を求められ続け、品行方正を求められ、一挙手一投足に注目が集まる世界で彼女は生き続けている。

そういえば、なんでヒカリさんがこのメンタルジムをやっているのかはまだ聞いていなかった。今日こそは、ヒカリさんにその質問をぶつけてみたい。

「ヒカリさ……」

言いかけた声に、ヒカリさんの声が重なった。

「大変。もう、クローズの時間だわ。お店を閉めてスタッフを帰さないと。奈緒さんも、もうすぐ終電がなくなっちゃうから急いでね。もっと早く言ってあげればよかったわ。抹茶も飲み切っちゃってね。それにしてもこれ、美味しいわね。お土産本当にありがとう」


ヒカリさんは、「お金があれば」という思い込みをなくすのがお金から自由になる方法だと言っていた。だからまずは、手を伸ばせば叶うレベルの「お金があれば」を解決してみたら、「お金があれば」を言い訳にして何かを諦《あきら》めるクセがなくなるかと思い、翌日の会社帰りに、お金を好きなだけ使ってみることにした。

そんなに、物欲があるほうではないと思う。宝石やブランド品などを欲しいと思ったことはあまりない。けれど、日常のちょっとした「これ欲しい」という気持ちは、節約を理由に抑えてきた。

奈緒の会社は繁華街の中にあるので、駅から会社の往復までの間に、ファッションビルや、カフェなど様々なお店がある。旬のお洋服、新しいコスメ、期間限定のお菓子など誘惑がたくさんあるのだ。「無駄遣いしないで、貯金、貯金」と思って、あまり見ないようにしていたけれど、その思い込みを今日は解き放とうと決める。自分の物欲を満たした上で、さらに何を「欲しい」と思うのか。「欲しい」が満たされてもまだ「欲しい」が湧くのかどうかの実験だ。

自分で自分の実験をするという思いつきは、すごく良いアイディアな気がした。自分の知らない自分をもっともっと掘り起こしていきたい。

まずはファッションビルへ。クローズまで三〇分しかないということで、好きなブランドのあるフロアだけを駆け足で見て、ワンピースを一着だけ買う。一万五千円。洋服を買うこと自体が久しぶりだったので、贅沢に思えたけれど、きっと着た時はテンションが上がるだろう。早速明日会社に着て行こう。

それから、四千円の化粧ポーチ、お気に入りのコスメブランドの新色のチーク。チークに関しては、今使っているものがだいぶ残っているけれど、「可愛い！」と直感的に思ったので、思い切って買う。そして、輸入物のお菓子や、期間限定のシュークリーム、パッケージの可愛い紅茶など、思いつく限りの買い物をしてみた。

家に帰ってから、レシートを見ながら金額を合計したら、三万円だった。奈緒にとっては大金だけれど、この満足感はなんだろう。いつもと同じ平日の夜がぐっと濃密で、幸福感にあふれ、特別な夜になった。

これからは、会社の帰りに「買いたいけどお金がない」なんて思わなくてもいいのだ。使おうと思ったらいつだって自分のためにお金を使える。そう思うだけで、自分の価値が上がった気がした。

良い機会なので、これまでの自分の買い物を振り返ってみると、欲しいか欲しくないかではなく、高いか、高くないか、あるいは必要か、必要じゃないか、という判断基準でばかり買い物をしてきたことに気づいた。

ケチだという自覚はなかったけれど、父にも母にも、よくお金を大事にと言われていたので、お金はなるべく使わないのがいいのだと思い込んでいたきらいがある。

けれど改めて考えてみると、お金を大事にすることと、お金を使わないことは違う。ちょっとした小金を貯めるために、欲求を意味もなく我慢する必要はないのかもしれない。自分の人生を楽しむために、時にはお金を使っての息抜きもこれからはしてみよう。

そういえばお金を貯めている明確な理由だってない。働いている時の無力感の原因の一部はこれかもしれない。お金を稼ぐために働いているのに、使うことを自分で禁止しているなんて。入り口はあるのに、出口がなくて、欲求が体の中で滞留《たいりゅう》していたのかもしれない。

そりゃ、働く意欲も湧かないだろう。

今まで、浪費は悪だと考えていたけれど、使わなすぎるのもまた、人間をつまらなくしてしまうのではないだろうか。

これからは**「いくらかかるか」ではなく「自分はどうしたいか」**を考えるクセをつけよう。

お金の使い方を身に付けるために、ちゃんと定期的に、自分のための買い物をしよう。自分のためにお金を使ってみることって、きっとすごく大事だ。「お金を使ってはいけない」という思い込みから解き放たれたおかげで、自分を大事にも思えた。**お金を使うと、お金を使う価値のある自分だ、と思える**ようになる。

新しい服を着て会社に行くと、吉田も同じタイミングで出社するところだった。横断歩道で、声をかけられる。会社の目の前とはいえ、社外で会うのは新鮮に感じる。

「おう、おはよ」

「おはよう」

「そういえばさ、奈緒ちゃん最近、会社の飲み会に参加してなくない？」

「ううん、そんなことないよ。二回連続で飲み会断ったけど」

「なんで？　彼氏でもできた？」

「そういうわけじゃないんだけど、ほら、前も給湯室でちょっと言ったけど、習い事みたいなこと」

「そっか。資格か何かとるの？　なんか奈緒ちゃんって将来のこと考えてそうだもんね」

「まあ、考えてるっちゃ考えてるかな。具体的な行動には落とし込めてないけど。習い事っていっても資格取ろうとしてるわけでもないし」

「でも会社以外に居場所作ってるってすごくいいね」

吉田は人を簡単に褒めすぎる。簡単すぎる褒め言葉は、逆に安っぽく聞こえるのに。それに、何か勘違いされている気がする。

フロアについて「じゃあね」と吉田と真逆の自分の席のほうへ足を踏み出すと「あ、あと、今日の服可愛いね」と言われた。

吉田からの褒め言葉なんて全然嬉しくないはずなのだけれど、胃の下あたりにあたたかいものがこみ上げた。今日は仕事を頑張れるかもしれない。誰かの一言で、気分というのは簡単に上下するものだ。言葉は使い方によって、誰かに気持ちをプレゼントできるのかもしれない。

そういえば、ヒカリさんと会うことも、カウンセリングの時間をもらっているというより、言葉のプレゼントをたくさんもらっている時間といえるかもしれない。

このプレゼントは、せっかくだから誰かに返していこう。今日は、上司や優子、そして部署のメンバーと話すときも、前向きな声掛けを意識しよう。ふと、ヒカリさんに前に言われたことも頭をよぎった。ブログや、連載……。そんな風にアウトプットの場所を増やすのもアリだろうか。

ちょっと周りに目を向けて、自分の心の吸収率を上げたり小さくても新しいことを取りいれたりすることを意識すれば、同じような一日の中でも、変化していける。書くことはもしかしたら、吸収率をさらに高めてくれるひとつの手立てかもしれない。

奈緒は、「よーし」とエンジンをかけて、てきぱきと仕事を始める。仕事の量は前と同じだけれど、自分で終わりを決められることと、優子や、他の部員にどんどん仕事を任すことを覚え、また、TODOリストを作って優先順位を決めるようになって、時間も自由になった。

ここ数日は、夜中にストレスでコンビニ弁当を流し込む生活もやめた代わりに、夕方にちょっとだけ会社を抜け出して買った食材で簡単なものを作ったり、ちょっといいお惣菜《そうざい》を買って、味気ないコンビニ弁当から脱却してみたりしている。

今までの奈緒は、自分の生活に妥協していたのだ。どうせ誰も見てないし、適当でいいや、という態度が自己評価を下げていた。でも、ヒカリさんの真似をしてお茶をいれるようになってから、実は自分が台所で静かにお茶をいれたりする作業が好きなのだと気づいた。自分のためだけにお茶をいれることは、瞑想《めいそう》と似ていて、**自分の内側に注意を向けられる時間**、という感じがした。

そう思うと、そんな一石二鳥の時間を増やしたくなって、自然と、インスタント食品を食べる時でもひと手間かけてみたり、簡単な料理もするようになった。別に料理は得意ではないけれど、無心に何かに向き合うと、自分の中で何かが整っていく気がして、気持ちが良かった。

そして、奈緒はそんな時間に、今までに感じたことのない充足感を覚えるのだった。

5　人間関係は変えられない!?

今日もジムの扉を開ける。

「奈緒さんのカルテに書いてあった、次の課題は何だっけ？」

この流れにもだいぶ慣れてきた。

「毎日同じで、退屈を感じるってことを書きました。今はそんな気持ちが徐々に薄れてきてはいるんですが、ここに通う前は、人生に飽きたような気がしていたんです」

目の前のこととなると、時間がないと後回しにするくせに、たまに、この先の人生の長さに心が折れそうになることがあった。

今は前に比べて、やりがいや充実を感じている。

でも、例えば仕事の合間のふと視線を上げた瞬間や、休日にお風呂《ふろ》に入っている時に、この人生でいいんだろうか、という不安が押し寄せてくることはいまだにあった。

ヒカリさんはいつも通り、美味《おい》しいお茶をいれて持って来てくれる。甘い香りが鼻に届くと、全身の力がふっと抜けた。

「今日は、心がほっとするロイヤルミルクティーをどうぞ。おかわりもどんどんしてね」

唇をカップにつけると、優しい甘みが舌の先にしみわたった。自分で家でいれても、こんな風にはいかない。ヒカリさんがいれるお茶は、どうして毎回美味しいんだろうか。

それにしても。

自分の悩みの馬鹿馬鹿しさには、我ながら辟易《へきえき》した。口に出したらますます、言葉が強調された気がしてドキッとした。人生に飽きているだなんて……。

「人生に飽きているだなんて、一生懸命生きていないみたいで、恥ずかしい？」

「なんで私が思ったこと、言い当てちゃうんですか。すごい！」

「一生懸命生きてないことはないわ。一生懸命に生きていたって、退屈くらい感じるのよ。だって、同じことの繰り返しだもの、人生なんて。起きて、顔を洗って、歯を磨いて、ご飯を食べて、会社に行って……って。その繰り返しに飽きてる人なんて大勢いるわ。

そういう歌だって、たくさんあるでしょ。同じ毎日の繰り返し、みたいな歌詞。何万人もの前で歌うような、刺激的な生活を送っている歌手がそういう歌作ってるんだもの。もっと慎ましやかな人生を送っている私たちが、人生に満足できるはずがないわ」

「私たちっていっても、ヒカリさんの人生は、私からしたらきらびやかですけど」

「一見きらびやかに見えることでも、それが日常になったら、本人にとっては当たり前になるの。誰かにとっては奈緒さんの生活は都会の、きらびやかなＯＬの暮らしだと思うわよ」

「でもじゃあ、どうやったらこの気持ちって解消できると思いますか？」

「どうやったら解消できると奈緒さんは思う？」

「また質問、返されちゃいましたね」

ヒカリさんお得意の方法だ。

「でも解消法、本当に思いつかないです」

「だったら、退屈だなって毎日思ったまま過ごすことになるわ」

「どうにかなりませんか」

「どうにもならないわよ。でもそれってそんなに悪いことかしら。なんでもかんでも変えようとせずに、ただそのままを受け入れるのも時には必要じゃないかしら」

変えようとしないでただ受け入れる？　変えるためにこのジムに入ったのに？

ヒカリさんは流れるような髪の毛を根元からかきあげながら言った。

「旅に行って何が楽しいかというと、いつもと違うことがあるからよね？　でも、旅にずっと行っていると疲れて、いつもいる場所に帰りたくなるでしょう？

飽きているってことは、言いかえると安心しているってことなの。退屈だからって、自分の人生はそこでやめられないのだから、『いつもと同じで飽きちゃったな』ではなく、『いつもと同じで安心するな』に思考回路を変えればいいわ」

「安心……ですか」

「私は、仕事で海外ロケばかり行ってる時期があって、その時、毎日とても充実を感じていたの。でもある時、ちょっと長めに日本に滞在したら、すごく落ち着いて……。ああ、海外にいた時って、気を張って、興奮状態にあったたなって気づいたのよね。朝自分の部屋のベッドで起きて、いつも通りの朝ごはんを食べる時、心が落ち着いていて、自然に体が動いて、あ、これが安心なんだなって思えた。

非日常があったからこそ、日常に気づけたけど、その時に「当たり前」に感謝することを覚えたのよ。当たり前のことに感謝できるのが、丁寧に暮らすってことだと思う」

「わかります。私も、今の自分や会社に満足できて、感謝できたらいいんですけど。でも、時々思っちゃうんです。もっと自分の人生、ジェットコースターみたいになったらいいのにって」

「ジェットコースターってずっと乗っていたい？」

「いえ、たまにでいいです。今のはたとえ話で……」

「たとえ話って大事よ。それがそのまま、自分にとっての人生よ。ジェットコースターはさすがにずっと乗ってたら、死んじゃうと思うから、もっと別なたとえを使ったら？」

「ジェットコースターは、たまに乗るからいいのか……」

「普段地面にいるから、あの浮遊感が楽しいのよ。求めなくても、人生のアップダウンはそのうちちぶち当たるわ。その時になって初めて、ああ、あのなんでもなかった日常が懐かしいって思うの。だからその日常を大事にするために、まずは使う言葉から変えていきましょう。あのね、頭の中を変えるためには、言葉を変えればいいの」

「確かに、何かコトが起こった時に、お先真っ暗だって思うと、本当に真っ暗に思えてきますもんね」

「私もそう思う。だんだん、私と奈緒さんの考え方、似てきたわね。でもね、本当に、人間は明るく生きたほうが、運も向いてくると思うのよ」

「私、他にも自分の変化に気づいていて……前は、私のここが悪いって思うと私ってダメだなって思いがちだったんですけど、そうじゃなくて、悪いところはただの悪い部分なんだから、そこを直せばより良い自分になれるって思えるようになったんです」

「そうそう、それに、奈緒さんはいい笑顔になってきたわよ」

「ほんとですか！」

「あのね、**笑顔は自分への贈り物**なの。もちろん、笑顔は他の人もいい気持ちにさせるけど、誰より自分に返ってくるのよ。ニコニコしていると、気持ちも明るくなるし、何より運が寄ってくるから」

「確かに、楽しいから笑うんじゃなくて、笑うから楽しくなることもありますよね」

「そうそう、だからとりあえず笑うクセをつけるといいわよ。だって、ふさぎこんでいてもいいことなんてないし、ブサイクに見えるだけだし。モテる女子を観察してみて。彼女たちは圧倒的に笑っている時間が長いはずだから」

ヒカリさんもクールな印象はあるけれど、口角はいつも上がっていて、表情は優しい。会社で男性社員に人気のあるらしい優子も、顔が美人というよりは、よく笑うから、その場の雰囲気を明るくしてくれるのが、モテる秘訣《ひけつ》なのかもしれない。

「笑顔は自分への贈り物、笑顔は運を引き寄せる。この二つ、忘れないようにします」

「事あるごとに、笑うことを選ぶようにしてみて。あのね、私はある時から、人生がすごく楽になったの。それは、**自分の感情を自分で選ぶようにした時**」

「感情って選べるんですか？」

「そうよ。笑顔は筋肉を動かせば無理やりつくれるでしょ？　感情だって、脳の筋肉の動きだって思えばいいのよ。さみしさや悲しさと仲良くするか、楽しさや嬉《うれ》しさと仲良くするか。選ぶのは常に自分なの。だから自分が**好きな感情と仲良くすればいい**わ。そうやって楽しさとか嬉しさとかと仲良くしていると無駄に悩む時間がなくなって、もっともっと時間ができて、もっともっと自由になるわ。あのね、**悩む人って自分が大好きなの。悩んでいる時って自分のことしか考えられていない**のよ。

もっとフランクにね、人に相談された時と同じように自分のことを考えたらいいわ。例えば、人の恋愛相談ってズバッと答えてあげられるけど、自分の恋愛だとうじうじ悩んじゃうでしょ？　それは単純に自分が可愛いから、自分が傷つくことを考えるのを拒否しちゃうからなのよ。でも、感情を排除して考えると、悩みの解決はものすごくうまくいくわ。感情に流されず自分で感情を選んでいくことは、自分の人生をつくっていくことになるわよ。それから、ついでだけど、運がつく方法は他にもあるわよ」

「なんですか？」

「運を落とすのは、迷いなの。思い切りがいい人は常に運がいいわ。だってこの世に絶対的な正解なんてほとんどないからよ。奈緒さん、自分のお仕事に満足していないって言っていたけど、じゃあ、正解はなんだったのかしら?」

「わかりません。特にここの会社に絶対に行きたいとかもないし。それから、そもそも会社に行きたいっていうのは、今になって冷静に考えてみると、その会社のブランドとかお給料にひかれていただけで、こういうことをやりたいっていう明確な目標があったわけではないんです。このジムに入って、時間管理とか、いろいろやり始めて、仕事も一時的にかもしれないけど楽しく思えてるし。正解ってないのかもなー、なんて思い始めました」

「そうよね。私もモデルや、このジムが正解なのかはわからない。でも大事なことはこれを**自分で正解にしていくこと**だと思っているの。奈緒さん、このジムに入る時に、人生を変えたいって言っていたわよね。人生を変えるにはね、考え方か行動のどちらか、あるいは両方を変えないとダメなのよ。そして自分の人生を幸せにするには、やりたいことをやらなきゃダメ。やりたいことをやって、やりたくないことに関しては、やらないか、考え方を変えるの。そして、幸せのパーセンテージを上げていくのよ。毎日毎日、自分はどんどん幸せになっていくんだって**明るい未来を信じるの**。私の言ってること、リアリティがないかもしれないけど。騙《だま》されたと思って信じてみて。望めばきっとどんな未来だって描けるわ。

奈緒さんは、思考をもっと自由にするといいかもしれない。いろんな思い込みにまだだとらわれちゃっているから。望む力をもっともっと強くするの。もっと欲張りになるの。そして、願いが全部叶《かな》って当然って心から信じないとダメ」

気がつけば、メンタルジムに通い始めて三週間がたっていた。三週間。たった二〇日程度。それだけの短期間で奈緒は自分が以前より冷静で明るい人間になったように感じていた。笑うことも増えた。人生って、変えようという意志があれば、こんなにも短期間で変えられるんだと改めて感動する。

そういえば同僚に、流行のジュース断食をして、三日で四キロも痩《や》せていた人がいた。たった三日。それだけだって、体型は変わる。きっと体型が変わったら自信もついて、性格も変わるだろう。そうやって、**人生を変える意志がある人は常に、自分を変え続けていけるんだ**と思う。何をどう変えたいか、たどるプロセスまで含めて具体的に思い描き、**行動した人の人生はちゃんと変わる**のだ。

仕事で大きな変化はなかったけれど、前よりも仕事を好きになれているかもしれない。ヒカリさんが言ってくれた「誰かにとっては奈緒さんの生活は都会の、きらびやかなOLの暮らし」という言葉は深く胸に刻みこまれた。そう思うことで、会社が自分の居場所だと思えた気がする。

苦手だった上司も、同僚も、自分と同じように悩みを抱えながら仕事と自分なりに向き合っているのだ、と相手の視点を持つことによって、今までよりもなめらかに接することができるようになった。

日々、一〇〇パーセント幸せというわけではない。どこを切り取っても絵になるような完璧《かんぺき》な人生とはほど遠い。

仕事がうまくいかない時には落ち込むし、ちょっとしたことでへこむ日もある。だけど、悲しい気持ちをひきずって、とことん自分を追いつめる前に、へこむ原因や、この先どうしたいかという未来への思考を確実に持てるようになった。完璧じゃない**自分を責めない**のだ。

そして、気持ちのアップダウンがあることも含めて、これが自分だと思えるようになった。自分の不幸を誰かのせいにせずに「自分でこの状況をどう変えるか」という問いを立てることができるようになったおかげで、決断も早くなったように思う。

不幸を誰かのせいにしている限り、立ち直るきっかけも他人任せになってしまう。

あの人がこうしてくれたらとか、この人がこんな風に考えてくれたら、というのは自分の理想なだけであって、その通りになるともならないともわからない。そんな不安定なものに自分の気分を任せてはいられない。自分の気持ちは、ちゃんと自分でコントロールしよう。

落ち込んだ時は、ヒカリさんのように、感情をコントロールするのだ。

自分の悩みを相談すると、自分の中のヒカリさんが「こうでしょ？」と解決策を出してくれるようになった。それは、本当のヒカリさんの言うこととはちょっと違うのかもしれないけれど、少なくとも小さなヒカリさんの存在のおかげで、**自分で自分に何度も質問をするようになり、自分の力で解決策を模索できるようになった。**

そして奈緒は、少しずつ自分の変化を書き綴《つづ》り始めた。ブログか連載をやってみたら、というヒカリさんの何気ない一言が背中を押してくれたのだ。自分の心の変化をゆっくりと熟成させてから公開したいから、まだ、自分だけが読めるように、書いた文章はどこにも載せていない。でも、公開するにせよ、しないにせよ、書くことは、自分の変化をさらに加速させてくれる気がした。

「ところで、今日は何のテーマでお話ししますか？」

カルテを見ながらヒカリさんが確認してくれる。今日奈緒が話したいのは、自分のことではない。メンタルジムに来る道すがら、奈緒は、自分の三週間の変化に自分自身がすごく満足していることに気づいていた。だからこそ、この変化をまわりに広げていきたい。そろそろ奈緒もヒカリさんのように、自分ではなく誰かを変えることができるんじゃないだろうか。そう思っていたから、今日話す内容は決めていた。

「家族についての悩みを解決したいです。つい先日も久々に実家に顔を出したら、母から父の愚痴をずっと聞かされて気分が重くなっちゃって……。うちって、ずっと、家族仲が悪いんですよね。家の中の雰囲気がずっと淀《よど》んでいて。物心ついた時からそうなんですけど、どうにかならないかと思って……」

ヒカリさんは難しげに眉《まゆ》をひそめた。いつものすいすいとなんでも答えてくれるヒカリさんとはちょっと違って、ドキドキする。

「そう。でもそれって、奈緒さんの問題ではなく、ご両親の問題だから、奈緒さんができることはあまりないかもしれないわね」

「どういうことですか？」

「お母さんとお父さんの仲が悪いのは、お二人の問題であって、奈緒さんの問題ではないってこと」

「でも、そのせいで家庭の雰囲気が悪いんだから、これは家族の問題ですよ。何か解決のヒントはないでしょうか」

「問題には当事者が必ずいるのよ。でもこの場合、奈緒さんは問題の当事者じゃないわ。奈緒さんは、家族の一員ではあるけれど、あくまで外野なの。当事者では決してない。だから、奈緒さんが変えられるのは自分の態度だけで、お母さん、お父さんの態度が変わるのを願うことはできても、実際に変える・変えないを決めるのは、ご本人たちよ」

ヒカリさんは申し訳なさそうな顔をしているけれど、口調はあくまできっぱりしている。

「でも、家族なのに……悲しくないですか？」

「変えようと努力して変わらないことのほうが悲しいわ。奈緒さんには、誰かを変える力はないの。自分が誰かを変えられると思うことはエゴなのよ。もちろん、ここは人を変えるための場所よ。だからこそ言わせていただくと、ここは変わろうと思った本人が通う場所であって、親兄弟が代わりに通っても何の意味もないの。**変わる意志がない人は、周りがどんなに頑張っても変えられないわ。**

奈緒さんに必要なのは、家族を受けいれること」

「受けいれる？　そんなの無理です」

「でもそうじゃないと家族内で唯一、希望の光であるはずの奈緒さんまで、影響を受けて、嫌な空気を出してしまうでしょ。自分はそれに影響されないで、いつもどおりふるまえばいいわ」

「うちはそういう風にはできないんですよ。だって、家に帰って私の顔を見た瞬間、お母さんが、お父さんの愚痴を私に向かって、まくしたてるんですもん」

「だったら、聞きたくないからやめてっていうしかないわ。聞いてたら奈緒さんの気分が悪くなっちゃうから」

一拍おいて、ヒカリさんの言ったことを理解しようと思ったけれど、無理だった。

「私は家族みんなで幸せになりたいんです。私だけ家族の問題を放棄して、楽になるなんてできません」

ヒカリさんは深く頷《うなず》いて、わかるわ、というように奈緒を見た。

「親は子離れしないといけないし、子は親離れしないといけないわ。それは、別に縁を切るということではなくて、それぞれに**自分と相手をちゃんと切り離して考える能力を持たなくてはいけない**ということなの。家族というのは血がつながっている他人なのよ。私は、奈緒さんの考えを間違っているとは思わない。すごく思いやりがある、素敵な人だと思うわ。でも、だからこそ、他の人の困難を自分のことのように背負ってしまう傾向があると思う。

奈緒さんが状況を変えたいなら、変わらなくちゃいけないのはご両親じゃなくて、奈緒さん自身よ」

確かに、自分は変えられても人のことは変えられない。自分のことを変えるだけでも一苦労なのに、それを人に強要するなんて、難しいに決まっている。

「両親は私が物心ついた時から不仲でした。最初は、親の仲が悪いのは自分のせいだと思っていたんです。小さい頃は親が間違っているなんてとても思えないから。

でも、自分も大人になるにつれて、だんだんわかってきたんです。親だって完璧じゃない。一人の不完全な人間なんだって。この人たちは私の親である前に、いいところも悪いところもある一人の人間で、親を必要以上に大きく思うことないんだって。でも、やっぱり親は親です。親の問題は私の問題でもあると思います」

大人になって一番良かったことのひとつは、親との距離の取り方が変わったことかもしれない。親の言うことが常に正しいわけでもない。全ての親が聖人なわけでもない。家族というのは、それぞれにルールがある独特のコミュニティなのだ。そういうことがわかるようになってから、どれだけ心が救われただろう。頭ではヒカリさんの言うことがわかっていても、親というのは大きな大きな存在なのだ。ヒカリさんは、目の奥の奥をじっと見てくる。猫のようなその目が、全てを見透かしている気がする。

「私、奈緒さんの気持ちはすごくよくわかるわ。でも、私には奈緒さんが変わっていく未来が見えているから大丈夫。頭が理解すればきっと心も追いつくから。頭と心は、一つになりたいってお互いに思ってるから、ちゃんと歩み寄っていくわ。奈緒さんの場合はまだ心が受け入れてないだけ。でも、自分が変わったら、見えてくる世界も絶対に変わるから。頭のむきを変えると、同じ場所でも、景色は変わるでしょう？　それと一緒」

帰ってからヒカリさんが言っていたことを思い出したら、胸のあたりが苦しくなった。

両親の顔が思い浮かぶ。父と母は物心ついた時から仲が悪かった。それはずっと自分のせいなんじゃないかと思っていたけど、よく考えたらそれは「あなたが大学を出たら、離婚しようと思うの」という母の言葉が、いつのまにか胸に澱《おり》のようにたまっていたからかもしれない。

母が不愉快な生活を耐えているのは、他でもない自分のせいだということの罪悪感は重く、家ではことさらいい子でいるようにした。そして、自分のせいで起きている不和を自分が解決することで、家族間の関係をもっと良くしようと何度もトライしたけれど、どんなに明るく振る舞っても、テストで良い点を取っても、スポーツ大会で表彰されても、母も父も褒めてはくれるけれど、喧嘩《けんか》をやめてはくれず、家の空気は良くなることがなかった。

本音を言えば、ヒカリさんが、それは私のせいではない、と言ってくれた時、心のどこかで嬉しかったのかもしれない。自分でも、知らないうちに自分を責め続けていたことに、ヒカリさんの言葉のおかげで気づけた。

奈緒は、これまでの両親の冷戦をいくつもいくつも思い出す。

運動会の日に、母が作ってくれたお弁当に対して父が何か否定的なことを言い、他の保護者も周りにいるのに、口論が始まったこと。奈緒がインフルエンザになった時、父が全く奈緒の病状を気にかけずに、母が烈火のごとく怒ったこと。奈緒がダイエットを始めてほとんど拒食症といってもいいくらい何も食べなかった時に、父が「奈緒は確かに足が太いな」と奈緒の過激なダイエットをますます加速させたこと。それを母がとがめたこと。

その度になんで二人はそれでも一緒にいるんだろう、と不思議に思っていた。きっと一緒にいることには理由があるんだろう。ただの世間体かもしれない。あるいはお互いへの情が少しはあるのかもしれない。あんな二人でも、激しく好きあった時期があったのかもしれない。

でも、どうして二人は別れて暮らすことを考えないんだろう、と考えると「一緒に暮らすことが彼らの意志だから」という理由に行きつくことに気づいた。どんなに仲が悪くても一緒にいることを選んでいるのはあの人たちなのだ。奈緒が離婚しないでくれ、と頼んだこともなければ、相談を受けたことも、よく考えればない。それならばあの人たちにはあの人たちの考えがあることを尊重しなくてはいけない気がしてきた。

いろいろ考えているうちに夜も更けてきたので、奈緒は、ヒカリさんにもらった最後のチャイをいれて体の中を温めることにした。カップにまずはお湯をそそぎ、温める。そして温めたミルクにチャイのもととお砂糖をいれて、丁寧に煮出す。

その瞬間、ただお茶を作っているだけなのに、自分の人生は今ここにあるんだな、という当たり前なことに改めて気づいた。今この場所でチャイを飲んでいる奈緒と、実家にいる両親は遠く離れていて、それぞれ別々の人生を歩んでいるということが悟りを開いたように理解できたのだ。あの人たちには、あの人たちの人生があって、今ここにいる奈緒とは、別の時間を送り、別の人生を歩んでいる。

奈緒が家族といない時も家族のことで心を痛めていたのは、ある意味、自分の心を慰めていたのかもしれない。自分の問題でもないことを自分の問題として、心を傷つける。そんなネガティブスパイラルな自傷行為はもうやめよう。そんなことをやっていても、自分の人生は一歩たりとも進化しない。

あきらめるというよりも、ヒカリさんの言う通り何かしようとか変えようとか無理に思わず、何もしないで自然体でいればいいのかもしれない。私は私として振る舞っていればいい。無理に親の都合に自分を合わせたりするわけではなく、私の人生の手綱をしっかりと握って、自分で自分の人生の舵をしっかりとろう。そう思った瞬間、胸のつかえがストンとおりた。

頭の中には風が通り過ぎるみたいに、いろいろな考えが通り過ぎていく。

明日の入稿記事、最終チェックをしなければ。そういえば上司に言われていた有休届は出していたっけ。明日のランチはどこで何を食べよう。野菜多めを引き続き意識しょう……。

そして、様々な考えの中からふわっと、今日のヒカリさんの奈緒の心の奥を見るような目のイメージが浮かび上がった。

ヒカリさんに少し言いすぎてしまったかもしれない。頭に血がのぼったとはいえ、失礼だった。なるべく早く次のアポを取って謝ろう。

都内で表参道ほど、季節を味わい尽くせる場所はない。大通りの並木道は青々としていて、目にまぶしい。この場所を歩いていると、東京を歩いている実感があって好きだ。ヒカリさんもこの街が好きだから、ジムをここにしたんだろうか。

緑の見える場所を歩くと、気持ちが落ち着いていく。

ヒカリさんに謝ることばかり考えていたら、気持ちが急《せ》いて一五分前についてしまった。

「今日は、この間のことを謝ろうと思って来ました」

顔を見るなり、頭を下げた。ヒカリさんのほうが正しかったことを伝えたい。

「謝るって？」

「家族のことで、私、ムキになってしまって」

「あら、謝らなくていいのよ。でも、謝ろうと思ったなんて何か心境の変化があったの？」

ヒカリさんは予想以上にサバサバしていた。まるで奈緒のことなど、奈緒の顔を見るまでは一切気にかけていなかったような態度に、心が傷つく。ヒカリさんに、いつも考えていてほしいとまでは言わないけれど、心のどこかで、自分のことを考えていてほしい気持ちがあった。自分が小学校の生徒になったような感覚に陥る。先生に認められたい生徒のようだ。

「私、ヒカリさんについ強い言葉をぶつけてしまったけど、本当はちょっと救われたんです」

思ったことをそのまま伝える。

「どんなふうに？　実は私も、前回はちょっと喋《しゃべ》りすぎたかもしれないと思っているの。奈緒さんに自分の心を全部吐き出してもらう前に、意見を強く言いすぎたかもしれない。もっと、奈緒さんの話を聞いてから話したらよかったわ。だから今日は、奈緒さんの思っていることを教えてください」

「いえ、ヒカリさんの言っていたこと、時間を置いて落ち着いて考えてみればみるほど、胸にこたえたんです。ヒカリさんが強めに言ってくれたからこそ、ショック療法じゃないけど、私、ちゃんと自分の考えを改めなくちゃって思えました。

本当は心のどこかでもうとっくのとうに気づいていたんだと思います。両親の結婚生活が破綻《はたん》していることも、その理由は私にはないことも。でも諦《あきら》められなくって。なんとか仲良くなってほしいって思っていて。それから、本当はどちらも悪くなくて、性格の不一致っていう相性の問題なだけなのに、誰か悪者を見つけなくちゃいけない気がしていて、気づいたらそれは父だったんです。母から、父の愚痴をよく聞いていたからというのもあって、父のことが嫌いになって……不仲の原因は父だって思ったら、父のことを愛せなくなって。そうしたら、自分のことも、あんまり好きじゃなくなっちゃったのかもしれない。ひどい人から生まれた自分なんだから、大した人生なんておくれないって自分のこと低く見るようになっちゃった気がします。でも、そんなことない、って思う自分もいて。親の関係を良くして、両親を好きになれば、私は自分のことも愛せるようになるって思っていたから、必死に親の関係修復を願っていたのかもしれません。だから自分の問題みたいに思ってしまったんだと思う。でもそれって、私の勝手な考えですよね」

「それは私が、正しいとか正しくないとか言うことではないけど、奈緒さんがそう思うなら、それを信じたらいいわ」

「家を出て一人暮らしをし始めた時に、もう私は自立したって思ったけど、そんなことなかった。そんなの、表面的な自立でしかなかった。自立っていうのは、本当に、親と自分とを別個の人間だと理解して、自分の責任で人生を切り開いていくことを言うんだと思いました。

もちろん、親への感謝の気持ちはあるけど、感謝を抱くからこそ、自分は自分の幸せを追求していいんだって。**自分の幸せを親に依存したら、最終的に、親も自分も困りますもん。**私は私で幸せになればいいし、親は親で自分の幸せを追求したらいいんですよね。そしてその選択がどんな選択でも、受け止めてあげるべきなんだって思いました。それが、これからの私の親への愛情表現です」

「今までも毎回ここに来るたびにぐっと進化していたけど、奈緒さん、今回はさらに踏み出した感じがする。きっと、このこと、心にべったりと、長年貼りついていた悩み事だったのね」

「はい、でも向き合ってよかったです。こびりついたかさぶたがペラッてむけたみたいに、今、頭の中がクリアーなんです。自分で自分の幸せはつくらなくっちゃっていう希望にあふれています。両親を差しおいて自分だけ幸せになることにも、後ろめたさがあったんです。でも、幸せになっていいよっていう免罪符をもらった気がしていて、今、堂々とこれから自分で幸せをつくっていける喜びにあふれています」

ヒカリさんが、ほうっと気が抜けたような顔になる。もしかしたらヒカリさんは前回、自分が感情的になってしまったことを悔いていたのではないか。

奈緒の考え過ぎかもしれないけれど、ヒカリさんだって、一人の人間だ。カウンセラーという枠を越えて感情移入することだってあるだろう。

「家族って不思議よね。前に、幸せに定義なんてないって言ったことがあるけど、家族っていうのも言葉でしかなくて、実態は本当にいろいろな形があると思うのよ。奈緒さんの家族と私の家族を比べてみたら家族の間のルールも、ご飯も、何もかもが違うでしょうね。

家族ってなんだろう、なんて考え始めたらとまらない。それこそ、一生かけて研究したって答えなんて出ないと思う。でも、それでも家族は家族なのよね。だから、私たちは矛盾や葛藤《かっとう》を抱えてそのまま受けいれて生きていくしかないと思うわ。でも、奈緒さんが家族＝自分という頭ではなくて、家族と自分を切り離して考えられるようになったことは、きっと奈緒さんのこれからの人生を明るくしてくれると思う」

そう言って、ヒカリさんは座り直した。ヒカリさんが動いたことで、部屋の中の空気が動いて、小さな風が奈緒とヒカリさんの間を抜けていった。

「ありがとうございます。よかったらいつか、ヒカリさんの家族の話も聞かせてください」

ヒカリさんは「まあ、いつかね」と静かに微笑んだ。

6 恋の第一歩とは、自分を愛すること

メンタルジムの契約期間は、あと一週間だ。

ヒカリさんがいれてくれたのは、マスカットティー。爽《さわ》やかな香りとすっきりした後味が心地いい。

「考え方が明るくなってきたおかげで、私、最近毎日が楽しいんです。本を読む時間もできたし、ゆっくりお風呂《ふろ》に入ったり、お風呂上がりに、全身をマッサージしたり、一日のことを思い返して、ふーっと深呼吸したり。そんなことができるようになってきた自分が新鮮に感じられるんです。まるで生まれ変わったみたい。だから、前に書いたカルテを見返すのが恥ずかしくもなってきたんですけど……。私、次の課題には『恋人が欲しい』って書いてるんです」

「いいじゃない。恋人が欲しいってすごく素直で、人間らしい欲求だもの。恥ずかしがる必要なんてないわよ。恋って、パワーがないとできないもの。恋愛は生きるエネルギーと直結するから、今の奈緒さんが恋愛も手に入れたら、最高だと思うわ。奈緒さんは今、彼氏も、好きな人もいないの？」

最近は出会いの場に顔を出していないどころか、自宅で料理をしたり、掃除をしたりするのが楽しい。恋愛がなくても充実しているというのは果たして良いのか悪いのか……。

「はい。あんまり、人を好きにならないのかもしれません。ちょっと、この人いいかもって思っても、すぐ自分と合わないポイントを見つけちゃって……。付き合ってもどうせすぐにダメになっちゃうだろうなあって思うんです。恋するとかっこつけたくなって相手に気を遣うから、疲れちゃうのかなぁ」

そう言った時、ふと吉田の顔が思い浮かんだ。そういえば、吉田には気を遣わずに接している。今まで、恋愛のときめきを感じたことはないけれど、変に緊張してしまう相手より、あんなふうに、壁を自分から作らない相手のほうが、もしかしたら合うのだろうか。

いやいや、やっぱり、それはない。吉田とデートする自分を思い浮かべそうになったので、慌てて打ち消す。

「そもそも、今まで同じメンバーでの飲み会にだらだら出たりしていて、全然出会いもなかったんですけど、デートに行く機会があっても、そわそわしちゃう気がします。この時間で、これとこれができたなーとか」

「私も仕事が忙しい時は、そう思っちゃうけど、そもそもそう思う相手とは、恋にならないのよ。でももしかしたら今まで、奈緒さんは恋する準備ができていなかったのかもしれないわね」

「恋する準備ですか？」

「恋愛ってね、変化を恐れる人にはできないのよ。人を好きになるって、自分を変えないとできないから。**変わる覚悟がない人は、恋ができないの**。奈緒さんが恋ができないのは、そのまま生活の変化への不安の表れよ。どんなに性格がぴったりと合う相手ができても、恋をすると、相手の都合にある程度合わせなくちゃいけないことも出てくるわ。

例えばデートの時間を四時間捻出《ねんしゅつ》しようとすると、それだけ、他の予定を削らなくちゃいけないでしょ。そうやってお互いにちょっとずつ、いろんなものを削ったり調整しても、それでも会いたいのがカップルなの。自分のことだけに目がいっているうちは、恋愛はできないわ。

それとね、恋愛は、相手を認めるだけの心の余裕がないとできないの。それに関しては今の奈緒さんなら、心配ないと思う。恋するうちに余裕も出てくるから、どんどん恋したらいいわ。誰かを好きになれる人は、誰かに好きになってもらえるし、人のことを好きになるポジティブな気持ちは、毎日のガソリンになるわよ」

「ヒカリさん、恋のことになると、熱がこもっているのは気のせいですか」

「まあ、恋多き女だからね。自称するのはかっこ悪いけど」

「それをさらっと言えるヒカリさんが羨《うらや》ましいです」

「恋っていっても、いろんな恋を恋愛としてカウントしていいと思うの。両思いになって、付き合って結婚しないと恋だっていうのも、思い込みかもしれないわ。だって、好きにはいろんな形があるでしょ。男の人を好きになる好きもあれば、女の人を好きになる好きもある。恋人がいる人や、既婚者を好きになってしまうこともある。全ての恋がハッピーエンドとは限らないわ。でも、それはそれで立派な恋よ。大事なのは自分がそれを恋だと認めてあげて、確実に自分の人生の糧にしていくこと。**一つ一つの恋をちゃんとこなしていけば、失う物なんて何もないわ。**全部プラスになっていくって捉《とら》えればいいの」

「すごいプラス思考ですね。でも、そういう風に聞いているだけで、私、恋がしたくなってきました。問題は相手がどこにいるかなんですよ。相手が現れる気がしないんです」

「奈緒さんは、どんな人がタイプ？」

「優しい人……ですかね」

「優しい人だと、ちょっとぼんやりしすぎているかもね。例えば身長は高いほうがい
い？　自分と同じくらい？　低いほうがいい？　年上？　年下？　同い年？　お金持
ちがいい？　自分と同じくらい稼ぐ人がいい？　どんな科目が得意な人がいい？　ど
んな仕事についていてほしい？」

「そこまで具体的に考えたことなんてないですよ」

「考えたことがないから、できないのよ」

「え？」

「前にも言ったけど、イメージできる願いは叶《かな》うの。逆に、イメージもしていないものが手に入ることは難しいわ。奈緒さんは、恋愛がしたいって言っていても、そんなに恋愛のことをこれまで考えてこなかったのかもね。まずは、どんな人と付き合いたいか徹底的に考えてみて。本当に小さなことで大丈夫。カレーがうまくつくれる人、とかありったけ、思いつくだけのリストをつくってみて。そうやって、会いたい人の条件を、紙に書いておくと、そういう人に会った時にぴんぽーんって、頭の中でライトがつくから。この人、条件に合った人ですよって。でも、まずは条件リストをつくらないと、ライトがつかないの。

もしそれができたら、どんなデートをしたいかっていうのも考えてみて。一緒にご飯行きたいとかじゃなくて、中華街でラーメンを一緒に食べてるとか、ディズニーランドで並んでるとか、より具体的なほうがいいわ。肉じゃがつくってあげたいな、とかこの映画一緒に見に行きたいなとか。もう、自分が主役の映画を頭の中で一本つくりあげる勢いで妄想してみて。そうすると恋愛感度が高まるから」

「ほんとですか？」

「思い込んだら、それが奈緒さんにとっての本当になるわ」

翌日から、早速、その通りに実行してみた。ばかばかしいと思いながらも、理想の人の条件をリストアップしてみたのだ。ヒゲが濃くなくて、笑いのツボが合って、ほどよく筋肉があって、仕事が好きで……考えたことがなかったから、こんなの書いたってすぐに尽きると思いつつ、どんなに小さなことでも頭に浮かんだら書くようにしていたら、意外に出てきた。リストはあっという間にノート二ページ分になってしまう。

この条件を全部満たす人なんて、到底いるわけがない。いたらすごいし、絶対に運命の人だと思ってしまうけど。

その時、ふと思った。これだけの私にぴったりの条件を持ち合わせた人に出会ったとしても、私は、その相手に選んでもらえるだけの女だろうか。ヒカリさんは、片思いも恋愛だと言っていたけれど、こんな人が登場したら、絶対に付き合いたい。そう思ったら、もっともっと自分を磨こうと思った。理想の相手に見合う自分になりながら、待とう。

メンタルジムのおかげで、ゆとりの時間を平日にも持てるようになった。物理的にも、心理的にもだ。でもここにデートの時間が入ってきたら、さらに仕事をてきぱきとこなさないといけなくなる。本を読む時間も少なくなるかもしれない。そう考えると今すぐに彼氏が必要というわけではなく、一緒に過ごしたい相手が出てきて初めてその人が彼氏になればいいようにも思えてきた。今までなんとなく、恋をしなくてはいけない気になっていたけれど、**好きな人がいないのに恋がしたいなんて焦る必要はないのかもしれない。**

メンタルジムもあと数日。「彼氏が欲しい」という悩みに関しては、解決まではしていないけれど、今のこの期間を理想の相手のための自分づくりの時間と捉えることで、恋をしたいという強迫観念のようなものはなくなったから、そもそも悩みではなくなった。自分のタイミングを待てばいい。

最終週は、ジムに毎日でも行ってヒカリさんといろいろなことを話したかったのだけれど、仕事で残業しなければいけない日が続いた。いっそ仕事のほうを投げ出してしまおうかという気持ちも湧いたけれど、そういう時、ヒカリさんに言われたことを思いだして、「これは自分にしかできない仕事だ、私がやらなくて誰がやる」と背筋を伸ばした。**全力を出すということは、プライドを持つこと**なのかもしれない。

会社で居残っていると、吉田がふらっとデスクに来た。

「どうしたの、今日は遅いじゃん」

「ライターが失踪《しっそう》したの」

「失踪？　どういうこと？」

「先々月から頼んでたライターさん、新オープンのお店の店長インタビューを頼んでて、今日〆切《しめきり》だったんだけど、原稿が来ないの。で、電話もメールも返事がないから、お店に確認したら、そもそも取材後にやりとり一切してなくて、原稿の確認も来てないって。そのライターさんを担当していたのが優子だったから、優子が今日先方に謝りに行ってくれて、新しくコメントも取ってくれたの。それで今、ライターさんの代わりに記事を起こしてくれてる。私は、失踪したライターさんが担当していた他の記事について、どこまで取材が進んでいたか調べたり、他のすでにできている原稿と公開日入れ替えて、調整したりとかしてる」

「まじか……」

「ライターってたまにこうやっていなくなるんだよね。初めてじゃないの。周りのメディアの人にもよく聞くし。うちでは前にも一回だけあったけど、その人はそもそも、取材日に取材相手のところに行かなかったから、今回よりは被害が少なかったかな。

飛ぶ人って大体わかるんだよ。メールの文章が変だったりしてさ。でも今回は、前日まで、丁寧にこちらのやりとりも返してくれてたからびっくりした……仕事いれすぎて、パンクしたのかなあ」

「そうかー。でもさ、雑誌だったら大変だろうけど……ウェブの記事でもそこまで厳密に記事公開の期限って守らなくちゃいけないの？」

「正直、守らなくちゃいけないことはないけど、守ったほうがいいと思う。ウェブ業界ってそこが適当だから、なんとなく、メディアとしての信頼性がないんだと思う。私は個人的にそういうのがずるずると守られないのって嫌」

「でも緊急事態だろ？」

「結果的にどうしても守れないのは仕方ないけど、ちょっと頑張るくらいで守れるなら守るのが、仕事だと思うの。それをしなくていいんだったら、私たちって何のためにいるんだろ？　って思っちゃう。記事も適当で、〆切も適当だったら、そこら辺の学生団体のなんちゃってメディアと一緒じゃない？　会社として取り組んでいるんだから、私たちは、記事にも〆切にも、最善を尽くすべきだと思う」

自分の言葉が自分でこそばゆい気がしたけれど、とっさに口から出た言葉は本心だった。思いのほか、自分の中にウェブの編集者としてのプライドが隠れていたことに驚く。

吉田は飲んでいたスポーツドリンクをデスクに置いてこちらを真正面から見た。

「そっか、奈緒ちゃんの仕事を軽んじてるわけじゃないんだ。嫌な風に聞こえたらごめんね。でも、大変だなって思ってさ」

少し焦った口調は、吉田の人の好《よ》さの表れのように思えた。この人は、おそらく悪気のない人なのだとその様子から読み取れた。謝るときにちゃんと相手の目を見る人に、悪い人はいない。

「いいの。私も、こんな残業したくてしてるわけじゃなくて、ほんとなら帰りたいし」

今日だってこのトラブルがなければメンタルジムに行って、ヒカリさんともっと話したかった。あとちょっとしか、通える期間はないのに。

奈緒が機嫌を害していないのがわかって、吉田は調子を取り戻したようだ。

「でも、奈緒ちゃんは最近仕事が楽しそうだね」

そう言いながら隣の席の椅子に勝手に座った。

「吉田なんて、いつも楽しそうじゃない。社内ほっつき歩いてさ」

「歩いてるのは気晴らしだよー。散歩っていうかさ。奈緒ちゃんが紅茶いれてるのと一緒。

正直、楽しいのか楽しくないのかよくわからないときもあるけど、仕事なんて楽しそうにしてれば、楽しくなってくると思ってるからさ。営業マンなんて、元気を売り歩くのが仕事みたいなもんだし」

その言葉にはっとした。今までなんとなく吉田に苦手意識を持っていたのは、吉田が挫折《ざせつ》知らずに見えて、どことなく薄っぺらく感じたからだった。

けれど、実は吉田は、奈緒の何倍も先にいるのかもしれない。仕事が楽しいとか楽しくないとかではなく、楽しくしよう、という態度で日々を過ごしている。それは、環境に流されず、自分で自分の居場所を作っていること。奈緒が実現させようと、今まさに試行錯誤していることではないか。それを吉田は自ら、誰にも教えられずに実践しているのだ。

それに気づいて、奈緒は吉田に不機嫌な態度を取ってきた自分の子供っぽさが恥ずかしくなる。

「吉田もいろいろ頑張っているんだね……」

「ううん、頑張ってないよ。単に楽しく生きてるだけ。残業、頑張ってな。いろいろ一段落したら飲みに行こう」

「ありがと」

奈緒が言い終えるのと同時に、吉田が奈緒のパソコンのスクリーンの派手なピンクの表示に気づいた。

「あれ？　これって何？」

そこに表示されているのは、書きかけのブログの管理画面だ。

「あ、これは、見ちゃダメなやつ！」

とっさにスクリーンを手で隠すけれど、もう遅い。

「うちのサイトのじゃないよな。奈緒ちゃん、ブログやってるの？」

残業ご飯の納豆巻きを片手で頬張りながら、登録したばかりのブログなのに、もう見つけられてしまったなんて運がない。

「まだ何も投稿してないの。さっき気晴らしに、作ってみただけ」

京都に行った時、ヒカリさんが「自分の変化を誰かに話したい気持ちがあるなら、ブログか何かを始めたら？」と言ってくれた。それを思い出して、ブログでアカウントだけ作ってみたのだ。

メンタルジムを卒業しても、毎日の変化や感情に自分自身で気づくアンテナを高めるために。

「仕事でも記事書いてるのに、まだ書きたいんだ。書くの好きだなぁ」

吉田がちゃかさずに、感心してくれたのが嬉《うれ》しかった。見せて見せてと野次馬根性丸出しでちゃかしてくるかと思ったのに。そういう風に思ってしまうのも、吉田のイメージを奈緒が勝手に頭の中で作っていたからだろう。

「まだほんと一文字も書いてないんだけど、最近いろんな心境の変化があったから、自分でも後から見返したりできるように書く場所を作ろうかなーなんて思って」

「すごい。いいと思う。奈緒ちゃんはすごいなあ、いろんなこと考えてたり、実際にやってたりして。なんか習い事もしてるらしいしさ。こんなに忙しいのに、仕事うまくやりくりして」

「やりくりは、できてないけど、習い事というか、まあ……」

その時、スマホの着信が会話の邪魔をした。

電話ではなく、LINEだったけれど、会話の流れが途切れたのをきっかけに、吉田は腰を上げた。

「ごめん、邪魔したね、おつかれ」

「おつかれー」

「遅くなりすぎないようにね」

気遣ってくれる一言が、じわっと染みた。

正直に白状すると、ブログを気まぐれに作ったのは、作業に飽き気味で、他のことがしたくなっていたからというのが否めないけれど、吉田のおかげで気が引き締まった。この後は作業に集中して、なるべく早く帰れるようにしよう。

ブログについても、深い考えもなく作ってみただけで、記事を公開する気はあまりなかったけれど、吉田に話したことで、ちゃんと書かないとかっこ悪い気がした。帰宅途中に、まずはこの間の京都旅行の記録でもアップしてみよう。

それに早く着手するために、仕事も早く終わらそう。

「よし、もうひと頑張り……」

奈緒は、ほとんど人のいないフロアで小さく自分に言い聞かせた。

ライター失踪事件以外にも、広告タイアップの記事でちょっとしたミスがあったり、新しくアプリを開発する話が持ち上がったりと、仕事では次から次へと新しい動きがあった。トラブル自体が楽しいわけではなかったけれど、解決が難しく思えるものを一つ越えるたびに自分が一つレベルアップするような感覚がした。

奈緒は自分の仕事が「楽しい仕事」という実感はなくても、仕事の中には楽しさはあるかもしれない、と思うようになった。その楽しさにあえて名前をつけるなら充実感、と呼んでもよい気がする。

エピローグ　カウンセリング最終回

見慣れた椅子に座ると、「今日は私のオススメのお茶よ」とヒカリさんがいつものようにお茶をいれてきてくれた。なんのお茶かわからないけれど、深みがあって美味《おい》しい。

「今日は、奈緒さんの最終日ね」

「そうなんです。だから、私、いろいろヒカリさんに聞いてみたくて。ヒカリさんは、なんでこのジムを開いたんですか？」

「なんでかしらね。不安だからかもしれない」

「不安？　ヒカリさんの人生になんの不安があるんですか？」

「そんなの、不安だらけよ。当たり前じゃない！　人は人の不安が見えないだけ。生きていくのは誰だって怖いのよ。前にも言ったけど、奈緒さんと同じような悩みを、私も常に抱えながら生きてるわ。人に言うのも恥ずかしいほどのちっぽけな悩みばっかり抱えてたりもする。人気がなくなったり、容姿の衰えでモデルの仕事がなくなったらどうしようとか、愛する人の心が離れてしまったらどうしようとか、**起きてもいないことを不安に思ってしまう**自分もいるし、私にだって奈緒さんみたいに家族のことで思い悩む日もあるの。人にアドバイスするのは簡単でも自分ではできないことだってあるのよ」

「え、ヒカリさんでも、できないことなんてあるんですか？」

「ダイエット中に高カロリーは避けなきゃって頭ではわかっていても、誘惑に負けてラーメン食べちゃったり、揚げ物を食べちゃったりなんてこと人間ならみんなあることでしょう？ **わかるのとできるのは違う**のよ。だから、奈緒さんみたいに、ここに私を頼ってきてくれる人に、言い聞かせていることの中には自分に対して言っていることもあるの」

「なんだぁ。ヒカリさんは、なんでもかんでも完璧《かんぺき》で羨《うらや》ましいって思ってました。でも、不安なことがなんでジムにつながったんですか？」

「人に元気を与えられる場所をつくりたかったの。**誰かに元気を与えている間は自分も元気になれるから**」

「えっ、それってどういうことですか？」

「元気もお金も幸せも、全部、もっと欲しいって思ったところで、どこからも湧いてなんてこないわ。でも、**誰かに分け与えたいって思ったら、自分が持っている以上に湧いてくるから。**

　例えば、私の母はね、私を産んだ時は二四歳だったの。今の私より一〇歳以上年下のその年で母になるって不安だったんじゃないかしら。でも、私の記憶の中の母はいつも幸せそうで頼もしかった。それは母が、私を幸せにしたいって強く思っていたからだと思うの。**人は幸せになりたいって思うよりも幸せにしたいって思うほうが、きっと幸せになれるのよ。**幸せにしたい人は、誰かを幸せにしたら、自分も幸せになれるから。これを私は小さい頃から母に教わってきたの。だからこのメンタルジムも、私は私が幸せになるためにつくったのかもしれない。

　私、五年前に自動車事故に遭ったの。その時、顔に大けがを負ったわ。幸い、お医者様の技術が高かったのと、私の回復力も割と高かったおかげで、顔に目立つ傷は残らなかったけれど、三か月くらい、お仕事はできなかった。その時に、自分がもう必要とされていないんじゃないかとか、仕事に復帰した時に、もう自分の居場所はないんじゃないかとか、すごく不安だったのよ。病院なんてやることがなくてヒマだから、そういう悪い方向の妄想ばかりぐんぐん膨らむのよ。すぎてしまえばたかが三か月だけど、ベッドでずっと待っていたあの三か月は私にとっては永遠にも思えたの。

でも、その時にここのインスピレーションが湧いたのよね。モデルができなくなっても一生やっていけることが欲しいなっていうのと同時に、自分が自分を励ますためにノートに書きためた言葉や感情は、誰かの役に立つと思った。だから、ここでそれを伝えて行こうと思ったの」

「そういえば、そのニュース、私も見たことあります。車をぶつけてきた相手が飲酒運転だったんですよね。災難でしたね……」

「そうよ。仕事が早く終わった帰りに買い物して、今日は久しぶりにゆっくりできるかな、なんて思ってたら、歩道に車が突っ込んで来て、その後は気づいたら病院だった。

でもね、ニュースになってたのなんて、数日でしょ？　国民的スターならまだしも、私なんてテレビ露出少なめのモデルだもの。そんなに長くは取り上げられていないはずよ。数日間は、もう帰ってくれって言っても、一日中メディアに追いかけまわされて、面会NGの病室にまで、嘘を言って入ってくる記者もいて、追い払うのが大変だったわ。でも一週間もすればテレビも雑誌もすうっとみんなひいた。次から次へと新しい話題が出てくるんだもの、当然よね。

でも私は、誰も気にしてくれなくなってから、報道されていない間もずっと苦しんでたわ。悪いのはあっちなのに、被害者の私が、警察にも病院にもずっと行かなくちゃいけないし、なんでよりによって私がこんな目にって何度も思ったわ。でもそうやって、文句を言っていても状況は何も変わらなくて、人生には受け入れなきゃいけないことや淡々とこなさなくちゃいけないことがあると知ったの。

そして、どうせ通らなくちゃいけないことなら、そこからなるべく大きな学びを得ようと思った。あの頃の私、哲学者みたいに毎日いろんな本を読んで、いろいろなことを考えていたわ」

「それでこういう場所をつくろうって決めたんですね」

「決めたら、後の行動は早かったわ。私ね、小さい頃から働いていたくせに、お金のことになるとケチなのよ。私の家はいろんな理由で、昔から家にお金がなかったの。だから、お金を使うのって悪いことなんだって思い込みがあったのよ。しかも、モデルを始めてからは、お洋服もお化粧品もみんなどこからか送ってきてくれるようになって、それを使うのに慣れていたし、ご飯もたいてい誰かがおごってくれるか経費で落とせる人がその場で出してくれるから、自分のお金なんて全然使わなかったわ。だから、さらに貯め込んで、もう貯金が貯まるのが快感だったのよ。

それでね、私事故に遭った時、意識がなくなる直前にね、自分の銀行口座に置いてある額が頭をよぎったのよ」

「え？　死にそうになった時に、お金のこと考えたんですか？　まさか！」

「そのまさかよ。私、『あ、私こんなにお金もってるのに全然自分のために使ってないじゃない！　どうせ死ぬならもっと大好きな人にいろいろ買ってあげたり、世の中のためになるお金の使い方したらよかった』って思ったの。笑っちゃうでしょ」

「うわあ、リアル。でも私も、今死にそうになったら『こんなことならもっと早くこれしておけばよかった』って後悔が頭によぎるのかもしれません」

「かもしれないわね。両親の顔と『あとに残すことになってごめんなさい』っていう罪悪感と、預金額が一気に頭にばばばって現れたの。で、ちょっと話がそれちゃったけど、私ね、明日死んでも後悔しないように生きるっていうのが、退院してからのテーマになったの。

　それで、どうせ、モデル復帰にはまだ時間が必要だったから、まずはアメリカに渡って、心理学を学んだわ。もともと興味があったんだけど、この時に集中的に勉強したの。それから、熱がさめないうちに、っていろいろな人にプレゼンして、投資してもらえる先を確保したり、場所を借りたり、紆余《うよ》曲折あって、やっとジムを運営できるようになったのが今」

「毎回素敵なお茶が出てくるのにも何か理由があったりするんですか」

「理由は、あるっちゃあるけど深い意味はないわ。思い付きよ。イギリスに留学した時は、初めての海外で、英語もそこまで喋《しゃべ》れなかったけど、よくホームステイ先のおばあちゃんが美味しいお茶をいれてくれたの。当時は会話もあんまりできなかったけど、誰かと一緒に、隣同士でお茶を飲んでるだけでも落ち着くんだなってことを知ったわ。あと、人がいれてくれたお茶って美味しいなあって思って。そういうことに気づけるだけでも、人は一歩前に進めるのよね。だから私が今度は、誰かのためにお茶をいれてあげようと思ったの。

　奈緒さんは、ここに通ってくる人の中でもちゃんと意志があるし、自分の心を表す言葉を持っている人だけど、もっともっと、違うタイプの人もここにくるの。そういう人は、ここにいる間、なかなか言葉が出てこない時もある。それでも、一緒に美味しいお茶を飲めただけで今日来てよかったなって思ってもらえるかと思って。美味しいお茶が飲めたから明日も頑張ろうって思えたらそれでいっか、ってね。私がそうだったから。

　あとは、イギリスって言わずと知れたお茶の国だから。滞在中に毎日飲んだせいで、大好きになってね、リラックスしたい時や気分を変えたい時は家でもよくお茶をいれるの。これはまだまだ先の夢だけど、いつか自分の好きなお茶を輸入したいのよね。そんなことも考えているわ」

「ヒカリさんの人生って濃いですね。生死をさまよったからかな」

「生死をさまよって人生が濃くなるなら、全員死ぬ目に遭わなくちゃいけなくなるわ。あんな経験、みんなしなくてもいいのよ。私は、死ぬ目に遭うまでわからなかっただけ。でも少なくともやりたいことをやりきってから死にたいって思えるようになったから、私はあの事故を経験して良かったと今では思ってるわ。だから、この経験を伝えていきたいの」

まっすぐな目がかっこいい。よく見ると、ヒカリさんの目の下には小さな小さな傷があった。コンシーラーでうまく隠しているみたいだけれど、髪の毛の生え際には、あざのようなものもある。今、事故の話を聞かなければ、気づかなかっただろう。見ようとしたらいろんなことが見えてくる。でも、見ようとしなければ見えないし、聞こうとしなければ聞こえないし、知ろうとしなければ知ることができないのだろう。

「実はね、今週、地方にたくさん行っていたの。このメンタルジム・ヒカリを他の場所でも展開できないかと思って、不動産を見ていたのよ。私、見た目には気を付けているけど、奈緒さんよりもずいぶん年上なの。だから、体力がなくなる前に、このビジネスを少しでも広げたいと思っているわ。奈緒さんは、私が見ている限り、このたった一か月間でみるみるうちに変わっていったでしょ。私の見ていないところや会っていない日も、きっといろんなことを考えているんだな、って会うたびに嬉《うれ》しかった。人ってこんなふうに変われるんだな、って改めて思ったの。私がビジネスを広げたいって思ったのも、もしかしたら奈緒さんのおかげかもしれない」

「本当ですか。ヒカリさんにはどんなにお礼を言っても足りないくらいなので、私がそんなふうにヒカリさんのお役に立てたとしたらすごく嬉しいです」

「体だって本気でスポーツジムに通えば、一か月で別人のように変われるのだから、心だって変わらないわけないわよね。私、このビジネスに自信はあったけど、心の奥ではこれでいいのかな、っていう迷いもあったのよ。でも奈緒さんが懸命に自分の人生から目をそらさないように頑張っていることで、私が励まされたわ。人って、人の一生懸命な姿に心が動かされるものなのね。だから、お礼を言わなきゃいけないのは私のほうなの。ありがとう」

目のふちが、じわっと熱くなった。この一か月、ほぼ自分のことしか考えなかったのに、それがヒカリさんの役に立てたことが嬉しかった。**自分が何かに一生懸命な時**

って、誰かを変えようとしなくても、誰かに影響を与えられるのかもしれない。生きる態度というのは、ちゃんと、人に伝わるのだ。

「ヒカリさん、この先、不安になったらまたここに来ていいですか？」

「別に来てもいいけど、今を頑張って生きることでしか、不安はかき消されないのよ。だから、休みに来るのはいいけど、逃げ場にはしないで。逃げている間は進めないし、何も変わらないわ。それは、もう奈緒さんもわかっているはず」

「もちろんです。私、ここにたまにヒカリさんとお話しに来たいだけなんです。お忙しいだろうから、厚かましいとは思うんですけど」

「嬉しいわ。私も、この先の奈緒さんの人生には興味があるからね。これ、メールアドレスだから、何かあった時は連絡して」

まさかメールアドレスまでもらえるとは思わなかったから、嬉しい。

「ありがとうございます。でも、本当に本当に会いたい時しか連絡しませんから」

「わかってる。だから渡すのよ」

ヒカリさんの心の中に、初めて入れた気がした。あるいは、もうずっと前からヒカリさんは、奈緒を心の中にいれてくれていたのかもしれない。

「ヒカリさん、今日のお茶、すごく美味しいんですけどなんてお茶ですか？」

「あ、そうそう、これは特別なお茶なのよ。はい、卒業記念のプレゼント」

ヒカリさんが、手に持った小さな紙包みを渡してくれる。

「これは？」

紙包みに「nao」と小さく書いてある。

「これはね、奈緒さんのことをイメージして特別にブレンドしたお茶なの。自分のことを大事にしたいと思った時に飲んでみて。いきつけの紅茶店で特別につくってもらった特別なお茶だから世界に一つよ」

カサカサとした紙包みはたっぷりとした重みがあった。

「うわあ！　嬉しい……。大事に飲みます。ありがとうございます」

「そうそう、そういえば、恋愛での進展はありそう？」

「進展はないんですけど、焦りはなくなりました。冷静になってみたら、好きな人がいなくても、片思いでも、彼氏ができても、結婚しても、何かしら悩みはありますもんね。彼氏がいないってことを、特に悲観的に思わずに、いい恋ができたらいいな、くらいの気持ちに、今は落ち着いています」

「そう。そうね。一か月で仕事に恋に家族に……ってなんでもうまくいくのはドラマの中ぐらいよね。でもね、そういう心の余裕はきっと外にも出るから。奈緒さんの恋愛運はこれからぐっと急上昇すると思う。いい運を持っている人は、運のある顔をしているの。まあ、運なんて自分で作るものなんだけどね。奈緒さんは、自分で運を作っていける人だから。この先の人生もお互いに頑張りましょうね」

ヒカリさんには一つだけ嘘をついてしまった。恋に発展するかもしれない、ほんの小さな種のようなものなら、ある。だけどそれは、どうなるかまだわからないのだ。これに関しては、またいつか、進展があったら報告すればいい。それから開設したばかりのブログについてもまた改めて話したい。

その後、二言三言交わして、ヒカリさんに別れを告げた。名残惜しかったけれど、メールアドレスももらったし、この場所にくればヒカリさんには会える。ヒカリさんの頑張りを見て、私も自分の人生を頑張ろう。それができたらきっと、ヒカリさんとも、教えてもらう立場ではなく、対等な立場で喋れるはずだ。

家に帰ったら、ゆっくりと自分の名前のお茶を飲もう。丁寧にお湯を沸かして。カップもしっかり温めて、いただきもののいいハチミツをいれるのだ。「お茶をいれる」というただこれだけのことで、気分がウキウキとする自分に気づいて、奈緒は思わず微笑んだ。幸せの感度が上がっているのかもしれない。

一か月前の自分が、今の自分とすれ違ったら「あの人はなんであんなに楽しそうなんだろう」と羨んだかもしれない。特別なことは何もない。だけど、**なんでもないことを特別に感じられる能力**はついた。人生を大切に思えていれば、足元の日常がいかに尊いかわかる。

奈緒は自分の足の重みを感じながら、力強く一歩一歩踏みしめて駅に向かって歩いた。

途中、ポケットにいれていた携帯がぶるぶると鳴った。一瞬、ヒカリさんかと思って画面を見ると、吉田からのＬＩＮＥだった。

「明日の夜とかあいてない？」

このＬＩＮＥは、つまり、そういうことだろうか。いや、その気配があったことは、今までも知っていた。気づかないフリをしていただけだ。

どうしよっかな、と小さくつぶやきながら、奈緒は、自分がオッケーの返事をすることを知っていた。

ふと空を見上げると、一か月前とまるで同じ空をしていたけれど、世界はまるで違うように見えた。決定的に違うのは奈緒自身だ。

明日からの人生もしっかり自分の足で歩んでいくために、奈緒はいっそう大きな一歩を踏み出した。

文庫版あとがき

仕事への何よりの褒美は、過去の仕事を自分で見返した時に「この時の私は頑張っていた」とか「いい仕事をした」と誇りに思えることだと思う。

久々に読み返した「とにかくウッなOLの、人生を変える1か月」は今の自分にはとても書けないフレーズや描写がちりばめられていて、照れくさかったけど、自分が書いたことなど忘れて面白く読めた。書いた時の私と、今の私はもはや別人なのだろう。読み返しながら、いくつかのフレーズをノートに書き写した。自分に必要な言葉が、いくつもあった。

私は、自分の作品が好きだ。過去の自分が書いたものに励まされたり、面白がらせてもらえたことが何度もある。仕事をする理由のひとつに、自分が考えたり感じたことに、いつかまた自分が出会うため、というのがある。記憶力が悪いから、記録として残す。

そして、私の想定読者は、ちょっと前の自分や弱った時の自分であることも多い。それがたまたま、他の人にも見て貰《もら》えることが有難い。SNSがなければ私はただの日記好きだった。インターネットがただの日記を「ブログ」という形で広げてくれて、こうやって、さらに多くの人の目に触れる手段を貰えている。いい時代に生まれて良かった。

この作品は私にとって、初めての商業出版小説だった。ネットでの活動を中心としていた私が常に直面していたのが、「ほとんどの人は、『小説』なんて読まずに生きている」という現実だ。当時の私は、特にそれを感じる環境にいたかもしれない。周りに本を読む人は少なく、話題にあがったとしてもビジネス本や実用書ばかり。文学賞や本屋大賞の話や最近読んだ小説の話が出来るのは、出版を生業《なりわい》にしている人のみ。編集者さんの中にも小説を読まない人もいて、一緒に書店周りをした際に、飾ってあった大御所作家の写真やサインを見て「誰っすか?」という人もいた。私にとって必需品である本は、誰かにとっては明日《あした》からなくなっても何の問題もない——流行《はや》りの言葉を借りれば「不要不急」の品なのだ。本に関われば関わるほど「必要としない人もいる」ことを痛いほど感じてしまう。

でも、せっかくネットから出てきた私だから、紙の本とネットの世界にいる「本には興味のない人たち」をわずかでも近づける活動をしたい。「紙で私を知ってくれた人に、ネットの面白さと便利さを」「ネットで私を知ってくれた人には、紙ならではの体験と楽しさを」というのを、勝手に自分の役割のように思っている。

本を必要としてこなかった人にも、本から学ぶ楽しさ、時代や距離を超えた救済、一冊読み終える達成感などを知らせたい――そんな気持ちでこの作品を書いた。結果、メッセージがだいぶ直球になってしまい、小説と自己啓発書の中間のような本になったけれど、読者から「本を読まない私が、初めて本を読み終えました」という感想を貰い、やりたかったことが少しだけ叶《かな》ったと小躍りした。

これからも、発信をあきらめない。この作品を読み返して、そんな決意を新たにした。この作品が装いを変えて世に出ることで、必要としている人に新たに届けば嬉《うれ》しい。

本書は、二〇一六年四月に小社より刊行された単行本を加筆修正のうえ、文庫化したものです。

とにかくウツなOLの、人《じん》生《せい》を変《か》える1か月《げつ》

はあちゅう

令和3年 3月25日　初版発行
令和6年 2月25日　3版発行

発行者●山下直久

発行●株式会社KADOKAWA
〒102-8177　東京都千代田区富士見2-13-3
電話　0570-002-301(ナビダイヤル)

角川文庫 22587

印刷所●株式会社KADOKAWA
製本所●株式会社KADOKAWA

表紙画●和田三造

●お問い合わせ
https://www.kadokawa.co.jp/（「お問い合わせ」へお進みください）
※内容によっては、お答えできない場合があります。
※サポートは日本国内のみとさせていただきます。
※Japanese text only

ISBN 978-4-04-109135-7　C0193

◆◇◇

角川文庫発刊に際して

角川源義

第二次世界大戦の敗北は、軍事力の敗北であった以上に、私たちの若い文化力の敗退であった。私たちの文化が戦争に対して如何に無力であり、単なるあだ花に過ぎなかったかを、私たちは身を以て体験し痛感した。西洋近代文化の摂取にとって、明治以後八十年の歳月は決して短かすぎたとは言えない。にもかかわらず、近代文化の伝統を確立し、自由な批判と柔軟な良識に富む文化層として自らを形成することに私たちは失敗して来た。そしてこれは、各層への文化の普及滲透を任務とする出版人の責任でもあった。

一九四五年以来、私たちは再び振出しに戻り、第一歩から踏み出すことを余儀なくされた。これは大きな不幸ではあるが、反面、これまでの混沌・未熟・歪曲の中にあった我が国の文化に秩序と確たる基礎を齎らすためには絶好の機会でもある。角川書店は、このような祖国の文化的危機にあたり、微力をも顧みず再建の礎石たるべき抱負と決意とをもって出発したが、ここに創立以来の念願を果すべく角川文庫を発刊する。これまで刊行されたあらゆる全集叢書文庫類の長所と短所とを検討し、古今東西の不朽の典籍を、良心的編集のもとに、廉価に、そして書架にふさわしい美本として、多くのひとびとに提供しようとする。しかし私たちは徒らに百科全書的な知識のジレッタントを作ることを目的とせず、あくまで祖国の文化に秩序と再建への道を示し、この文庫を角川書店の栄ある事業として、今後永久に継続発展せしめ、学芸と教養との殿堂として大成せんことを期したい。多くの読書子の愛情ある忠言と支持とによって、この希望と抱負とを完遂せしめられんことを願う。

一九四九年五月三日

角川文庫ベストセラー

いつかすべての恋が思い出になる　はあちゅう

「片思いは加点、両思いは減点」「農耕型女子とハンター型女子」……思わず頷く、悲喜交々のアラサー恋愛事情。時代の先端をいく著者が、鋭い観察と分析で法則をあぶりだす、勇気をくれる恋愛コラム集。

落下する夕方　江國香織

別れた恋人の新しい恋人が、突然乗り込んできて、同居をはじめた。梨果にとって、いとおしいのは健悟なのに、彼は新しい恋人に会いにやってくる。新世代のスピリッツと空気感溢れる、リリカル・ストーリー。

泣かない子供　江國香織

子供から少女へ、少女から女へ……時を飛び越えて浮かんでは留まる遠近の記憶、あやふやに揺れる季節の中でも変わらぬ周囲へのまなざし。こだわりの時間を柔らかに、せつなく描いたエッセイ集。

冷静と情熱のあいだ　Ｒｏｓｓｏ　江國香織

２０００年５月25日ミラノのドゥオモで再会を約したかつての恋人たち。江國香織、辻仁成が同じ物語をそれぞれ女の視点、男の視点で描く甘く切ない恋愛小説。

泣く大人　江國香織

夫、愛犬、男友達、旅、本にまつわる思い……刻一刻と姿を変える、さざなみのような日々の生活の積み重ねを、簡潔な洗練を重ねた文章で綴る。大人がほっとできるような、上質のエッセイ集。

角川文庫ベストセラー

はだかんぼうたち　江國香織

9歳年下の鯖崎と付き合う桃。母の和枝を急に亡くした、桃の親友の響子。桃がいながらも響子に接近する鯖崎……〝誰かを求める〟思いにあまりに素直な男女たち＝〝はだかんぼうたち〟のたどり着く地とは――。

幸福な遊戯　角田光代

ハルオと立人とわたし。恋人でもなく家族でもない者同士の共同生活は、奇妙に温かく幸せだった。しかし、やがてわたしたちはバラバラになってしまい――。瑞々しさ溢れる短編集。

ピンク・バス　角田光代

夫・タクジとの間に子を授かり浮かれるサエコの家に、タクジの姉・実夏子が突然訪れてくる。不審な行動を繰り返す実夏子。その言動に対して何も言わない夫に苛つき、サエコの心はかき乱されていく。

あしたはうんと遠くへいこう　角田光代

泉は、田舎の温泉町で生まれ育った女の子。東京の大学に出てきて、卒業して、働いて。今度こそ幸せになりたいと願い、さまざまな恋愛を繰り返しながら、少しずつ少しずつ明日を目指して歩いていく……。

愛がなんだ　角田光代

OLのテルコはマモちゃんにベタ惚れだ。彼から電話があれば仕事中に長電話、デートとなれば即退社。全てがマモちゃん最優先で会社もクビ寸前。濃密な筆致で綴られる、全力疾走片思い小説。

角川文庫ベストセラー

角川文庫ベストセラー

シルエット　島本理生

人を求めることのよろこびと苦しさを、女子高生の内面から鮮やかに描く群像新人文学賞優秀作の表題作と15歳のデビュー作他1篇を収録する、切なくていとおしい、等身大の恋愛小説。

リトル・バイ・リトル　島本理生

ふみは高校を卒業してから、アルバイトをして過ごす日々。家族は、母、小学校2年生の異父妹の女3人。習字の先生の柳さん、母に紹介されたボーイフレンドの周、2番目の父——。「家族」を描いた青春小説。

温室デイズ　瀬尾まいこ

宮前中学は荒れていた。不良たちが我が物顔で廊下を闊歩し、学校の窓も一通り割られてしまっている。教師への暴力は日常茶飯事だ。三年生のみちると優子は、それぞれのやり方で学校を元に戻そうとするが……。

ありがとう、さようなら　瀬尾まいこ

嫌いな鯖を克服しようとがんばったり、走るのが苦手なのに駅伝大会に出場したり、生徒に結婚の心配をされたり、鍵をなくしてあたふたしたり……。「瀬尾先生」の奮闘する日常が綴られるほのぼのエッセイ。

ロマンス小説の七日間　三浦しをん

海外ロマンス小説の翻訳を生業とするあかりは、現実にはさえない彼氏と半同棲中の27歳。そんな中ヒストリカル・ロマンス小説の翻訳を引き受ける。最初は内容と現実とのギャップにめまいものだったが……。

角川文庫ベストセラー

月魚　三浦しをん

『無窮堂』は古書業界では名の知れた老舗。その三代目に当たる真志喜と「せどり屋」と呼ばれるやくざ者の父を持つ太一は幼い頃から兄弟のように育つ。ある夏の午後に起きた事件が二人の関係を変えてしまう。

白いへび眠る島　三浦しをん

高校生の悟史が夏休みに帰省した拝島は、今も古い因習が残る。十三年ぶりの大祭でにぎわう島である噂が起こる。【あれ】が出たと……悟史は幼なじみの光市と噂の真相を探るが、やがて意外な展開に！

哀しい予感　吉本ばなな

いくつもの啓示を受けるようにして古い一軒家に来た弥生。そこでひっそりと暮らすおば、音楽教師ゆきの。彼女の弾くピアノを聴いたとき、弥生19歳、初夏の物語は始まった。

N・P　吉本ばなな

アメリカに暮らし、48歳で自殺した高瀬皿男の97本の短編集「N・P」。未収録の98話目を訳していた風美の恋人・庄司も自ら命を絶つ。激しい愛が生んだ奇跡を描く傑作長編。

キッチン　吉本ばなな

唯一の肉親であった祖母を亡くし、祖母と仲の良かった雄一とその母（実は父親）の家に同居することになったみかげ。日々の暮らしの中、何気ない二人の優しさに彼女は孤独な心を和ませていくのだが……。